아무 사무소의 기이한 수집

아무 사무소의 기이한 수집

글 선자은
펴낸날 2021년 4월 3일 초판 1쇄, 2021년 12월 30일 3쇄
펴낸이 위혜정 | **기획·편집** 스토리콘 | **디자인** 포도
펴낸곳 슈크림북 | **주소** 서울특별시 동대문구 답십리로41길 33 102-903
전화 070-8210-0523 | **팩스** 02-6455-8386 | **메일** chucreambook@naver.com
출판등록 제2019-000016호

ISBN 979-11-90409-01-8 03810

instagram.com/chucreambook
한번 맛보면 헤어 나올 수 없는 북 콘텐츠를 만나 보세요!

아무 사무소의 기이한 수집

선자은
장편소설

슈크림북

차례

1. 아무 사무소

마치 나를 위한 모집 공고 같았다. 누군가 나를 염두에 두고 만든 것이 아닌가 하는 생각이 들 정도로.

가장 기본적인 나이 조건부터가 충족되었다. '만으로 스무 살이 안 된 10대 여자일 것' 10대를 뽑는 아르바이트는 그렇게 많지 않았다. '방과 후 아르바이트로도 가능' 이 조건은 다른 누구보다 나에게 더 유리하리라 생각됐다. 나는 방과 후뿐만 아니라 풀타임 근무도 가능했다. 난 시간적인 여유가 아주 많은 휴학생이었으니까. 당장은 검정고시를 볼 생각도, 복학을 할 생각도 없었다.

게다가 마지막 조건은 정말 나에게 딱 맞는 조건이었다. '평범하고 흔한 사람이어야 할 것' 평범하고 흔한 사람, 누가 봐도 바로 나였다. 외모부터 성격까지 무엇 하나 평균을 벗어나지 않았다.

사무실이 버스로 두 정거장 거리인 점도 마음에 들었다. 걸어 갈 수도 있는 거리라 멀지 않았다. 그래서 아마 모집 공고를 우리 아파트 단지에도 붙였을 것이다.

모든 것을 종합했을 때 이건 운명이었다. 조건이 딱 들어맞는 데다 마침 내가 그걸 보았다는 것. 하고 싶은 일도, 하려는 일도 아무것도 없었던 하루하루. 매일이 무기력했고 무관심했다. 하지만 그 모집 공고를 보는 순간 묘한 이끌림을 느꼈다. 무엇인가에 관심이 생긴 건 처음이었다.

당연히 그전까지 아르바이트로 돈을 벌어야겠다는 생각은 없었다. 학교도 친구들도 다 귀찮았고, 하다못해 밥 먹는 것도 귀찮았다. 내가 숨을 쉬고 있는 게 신기할 지경이었다.

"나 아르바이트나 할까 해. 알바비도 꽤 괜찮아."

엄마가 내 말에 뒤돌아보긴 했지만 무표정한 얼굴이었다. 도저히 엄마 표정을 읽을 수가 없었다. 나를 책망하는 것인지 무시하는 것인지, 아무 감정도 느껴지지 않아 짜증이 났다.

"왜? 하지 마?"

"아니야. 마음대로 해."

엄마는 다시 물을 주던 화분으로 눈길을 돌렸다. 저놈의 화분. 엄마는 한 달 넘게 오전 시간에는 화분만 바라보고 있었다.

집에 내가 들어앉아 있다는 게 꼴 보기 싫은 건지도 몰랐다.

"응. 어차피 상의한 게 아니라 통보한 거였어."

나는 쌀쌀맞게 말하며 소파에서 일어섰다. 언제부턴가 엄마랑
은 말이 안 통했다. 엄마의 뚱한 얼굴만 봐도 가슴이 꽉 막힌 듯
답답했다.

내가 신발을 신는데도 엄마는 화분에 물만 주고 있었다. 처음
에는 한두 개였던 화분이 이제 서른 개가 넘었다. 그래서 화분
돌보는 시간도 점점 늘어났다. 엄마는 내가 어딜 가는지보다 화
분이 더 중요한 모양이었다.

"우울증이야, 뭐야. 짜증 나."

나는 작게 중얼거리며 밖으로 나섰다. 바람이 불어왔지만 제
법 따뜻했다. 불과 며칠 전까지만 해도 냉정할 만큼 차가운 바람
이 불어 댔는데, 3월이랍시고 바람이 바뀌었다. 봄이 왔다고 해
서 세상이 근본적으로 달라지는 건 조금도 없었다. 쓸데없이 변
덕만 심해질 뿐.

인터넷에서 찾아 칸을 채운 이력서를 한 장 들고 무작정 걷다
보니, 버스 두 정거장 거리 정도야 금방이었다. 건물 앞에 다다르
고 나서야 '먼저 전화를 하고 왔어야 하나?' 하는 생각이 들어 아
차 싶었다.

낡고 낮은 건물. 아무리 두리번거려도 엘리베이터 따위는 보이
지 않았다. 이건 3층까지 걸어 올라가야 한다는 소리였다.

"아, 계단 짜증 나."

매일 계단을 오르며 출근해야 한다는 점에서 잠시 망설였지만, 여기까지 온 이상 돌아갈 수는 없었다. 도대체 무슨 아르바이트인지 궁금하기도 했다. 모집 공고의 맨 마지막 줄에는 이렇게 적혀 있었다.

불법적인 일 절대 아님.

딱 나 같은 여자아이가 할 수 있는 일이 불법적인 것 말고 뭐가 있을까? 모처럼 발동한 호기심은 멈춰지지 않았다. 매사 시큰둥한 내가 무언가에 관심을 보이는 건 흔치 않은 일이었다. 일단은 계속 가야 했다.

306호.

계단에서 가장 먼 끝 쪽 방이었다. 1호부터 5호까지는 텅 비어 있었다. 그러고 보니, 건물 자체가 곧 무너질 것처럼 오래되었다. 재건축을 앞두고 모두 짐을 싸서 나간 빈 건물인가? 계단을 올라갈 때도 유난히 조용했다. 아무도 없는 건 아닐까. 역시 전화를 하고 왔어야 하나.

똑똑.

아빠에게는 싸가지 없다는 말을 듣는 나지만 예의 자체를 모르는 건 아니었다. 노크 정도는 알고 있었다.

"들어오십시오."

낮고 묵직하지만 부드러운 중년 남자 목소리. 꽤나 마음에 드는 음색이었다. 순간적으로 버럭 화를 내거나 욕설을 하지 않을 사람이 지닐 법한 그런 음색.

"안녕하세요? 아르바이트 모집 공고 보고 왔는데요."

나는 조심스레 문을 열고 안으로 들어갔다. 사방 가득한 하얀 벽이 부담스러울 정도로 깨끗했다. 바닥조차 새하얀 타일로 뒤덮여 있었다. 한가운데에는 잿빛 철제 책상 하나가 덩그러니 놓여 있었다. 중년 남자는 그곳에 앉아 나를 정면으로 바라봤다.

"이력서는요?"

나는 그 남자에게 곧장 걸어가 이력서를 내밀었다.

"이사한 지 얼마 되지 않아 다소 썰렁할 겁니다."

남자는 묻지도 않은 걸 답하며 멋쩍게 웃었다.

"아, 참. 저는 이 '아무 사무소'의 소장입니다."

"아…… 소장……. 그런데 정확히 무슨 일을 하는 거죠?"

내 물음에 소장은 그저 웃었다. 나이는 50대 정도? 얼굴에 난 주름이 세월의 흔적을 보여 주었지만 콧대가 오똑하고 잘생긴 편이었다. 젊었을 때 꽤나 인기가 좋았으리라. 조금 처진 눈매며 웃을 때 반달눈이 되는 것도 선한 인상을 주었다. 검은 슈트에 넥타이 없이 새하얀 와이셔츠. 관리를 잘하는지 그 나이에도 군살 하나 없어 보였다.

"당신은 평범한 사람입니까?"

소장이 되물었다.

"네. 아마도?"

"증명할 수 있습니까?"

"그냥 뭐…… 평범해요. 다른 애들도 그러고 저도 그렇게 생각하고……. 외모도 중간쯤이라고 할까. 연예인 같은 걸 할 만큼 뛰어나게 예쁘지는 않은데 그렇다고 못생기지도 않았고, 공부도 그럭저럭…… 못하지도 않고 잘하지도 않고…… 중간 정도?"

"혹시 최근에 특이한 경험을 한 적 없습니까?"

"특이한 경험……. 지금 뭐 이상한 경험 같은 거 물어보시는 건 아니죠?"

"아, 그건 결코 아닙니다. 여하튼 좋습니다. 일단 내일 3시까지 출근할 수 있습니까?"

"저 된 거예요?"

"네. 내일 뵙겠습니다."

소장은 내 이력서를 책상 첫 번째 서랍에 넣었다.

"그런데 무슨 일을 하는지 아직 가르쳐 주지 않으셨는데요? 여기서 사무 보조를 하는 건가요?"

"아, 간단한 취재 같은 걸 하게 될 겁니다. 보통은 미리 섭외된 사람을 만나 이야기를 듣고 물건을 받아 오면 됩니다. 그 이야기는 녹음해서 일기나 소설처럼 읽기 쉬운 글 형식으로 정리해 주시면 되고……. 이왕이면 상황을 잘 알 수 있고 감정 이입이 가능할 정도의 묘사가 있는 기록이면 좋겠습니다. 어때요? 어렵지 않지요?"

"네. 안 해 봐서 모르겠지만 한번 해 보죠, 뭐."

기자가 하는 일과 비슷한 일인 듯했다. 내가 과연 할 수 있을까 싶었지만 소장이 워낙 간단한 일처럼 말해서 고개를 끄덕이고 말았다. 까짓 못 하겠으면 언제라도 관두면 그만이었다.

아무 사무소 보고서

작성자 : 소장 □□□

1. 보고서를 읽는 것만으로는 스위치가 켜지지 않습니다.

2. 다만 자연 발화자의 경우에는 예외일 가능성이 있습니다. 사실, 자연 발화자의 경우에는 모든 경우의 수가 발생 가능합니다.

3. 본인의 정체성을 정확히 알지 못하는 경우, 이 보고서를 읽지 않을 것을 강력히 권유하는 바입니다.

4. 만약 보고서를 읽은 후 ■■■■, ■■■■, ■■ 등의 증상이 발생한다면 신속히 ■■■■-■■■■로 연락 주세요. 증상 발현 후 30분이 넘으면 ■■■, ■■■■■■■■ 등으로 인해 위험할 수 있습니다.

2. 다이, 다이어트

　기다림. P 중학교 앞에서 마냥 그녀의 하교를 기다리고 있었다. 이번에도 못 만나면 정말 포기해야 하는 게 아닐까 싶었다.

　정식 출근 첫날. 아무 사무소에 가니 소장은 없고 내 책상으로 추정되는 책상이 소장의 책상과 직각으로 놓여 있었다. 책상위에는 사무소 열쇠로 보이는 열쇠 하나와 노란색 메모지가 한장 붙어 있었다. 잘생기고 중후한 외모와는 달리 삐뚤빼뚤한 글씨가 의외였지만, 한눈에 소장이 내린 지시라는 걸 알 수 있었다.

　처음 소장이 알려 준 약속 시간과 장소에서 한 시간을 기다렸지만 상대는 나오지 않았다. 상대를 만난다, 이야기를 녹음하고물건을 받는다, 녹음 내용을 글로 정리한다. 되뇌어 볼수록 아주 간단한 임무였다. 전혀 어려울 것이 없었다.

첫 임무부터 실패라니 절망스러웠다. 하지만 소장은 처음부터 잘하는 게 더 이상한 일이라며 웃어 주었다. 다만, 임무를 성공시킬 때까지 사무소에 나오지 말라는 협박 같은 말을 아무렇지도 않게 했다.

다른 날, 상대에게 다른 장소에서 만나자며 죄송하다는 문자 메시지가 오고 나서야 나는 안심했다. 하지만 그날 역시 약속 시간 10분 전, 못 나가겠다는 메시지가 왔다. 설득해 보고 싶었지만 내가 보낸 메시지에는 답장도 하지 않았다. 다음 약속을 일방적으로 정해 주길 기다리는 수밖에 없었다.

그래서 난 무작정 학교 앞에서 기다리고 있는 것이다. 상대의 얼굴은 모르지만 다른 방법이 없었다. 소장에게 일당을 받고 있으니 뭐라도 해야겠다는 생각이 반, 오기가 반이었다.

수많은 아이들이 내 앞을 지나갔다. 자신들과 달리 사복을 입고 있는 나를 힐끔힐끔 봤다. 나는 이미 그 아이들과 달랐다. 중학생과 고등학생의 차이가 아니라 그냥 달랐다. 나도 이미 지나온 중학 시절이지만, 교복을 벗어던진 나는 그 아이들의 미래가 되지 않을 것이다.

문득 누군가의 시선이 느껴졌다. 잠깐 스치는 눈길과는 다른 느낌. 누군가 교복 입은 아이들 사이의 나를 알아본 것 같았다. 시선의 주인공이 누구인지 파악할 새도 없이, 그 느낌은 사라졌다. 그리고 조금 뒤 그 아이에게서 문자 메시지가 왔다.

사거리 K 햄버거 가게 2층에서 지금.

역시 내 느낌이 맞았다. 길 끝에 햄버거 가게가 보였다. 저 무리 중에 그 아이가 있으리라 생각하니 심장이 두근댔다. 뭔가 해냈다는 사실이 주는 쾌감, 처음 느껴 보는 기분이었다.

햄버거 가게 안은 썰렁했다. 손님 한 명이 1층 의자에 앉아 포장 주문한 것을 기다리고 있었고, 2층에는 손님이 한 명밖에 없었다. 그 손님은 나와 눈이 마주치자 고개를 살짝 끄덕였다. 마른 장작처럼 껑마르고 눈이 커다란 여자애였다.

"사람이 별로 없네요?"

"네. 며칠 전 이 가게 햄버거에서 손톱이 나오는 바람에 주 손님이던 우리 학교 애들이 불매 운동을 하기 시작했거든요."

"학생은 그 운동에 참여 안 하는 거예요?"

"콜라 한잔 정도는 괜찮겠죠. 오히려 아무도 안 와서 이야기하긴 더 좋을 거예요."

"그럼 저도 콜라 한잔만 해야겠네요. 잠깐만요, 제가 사 올게요."

소장이 준 첫 메모에 음료값이나 차비 등의 업무 수행비는 영수증을 제출하여 정산하라는 추신이 적혀 있었다. 내가 일어서

자, 그 아이가 내 뒤통수에 대고 말했다.

"언니, 저는 다이어트 콜라로요."

다이어트와는 거리가 영 멀어 보이는 그 아이의 주문이 의아했지만 나는 제로 콜라 두 잔을 사서 2층으로 올라갔다.

"그럼 이제 이야기할 준비가 다 된 거죠?"

그 아이는 빨대를 쭉쭉 빨아 콜라를 꿀꺽 삼켰다. 너무 말라서 목으로 콜라가 넘어가는 게 다 보였다. 콜라가 어느 정도 줄어들고 나서야 그 아이는 입을 열었다.

긴 연휴였어요. 친가와 외가 모두 가까운 곳에 있는 나는 고속도로 정체에 시달릴 필요도 없었고, 그저 편히 가서 먹기만 하면 되었죠. 기름기가 줄줄 흐르는 각종 전과 고기, 탐스러운 과일들. 특히 쫄깃쫄깃한 떡과 외할머니표 만두는 내 입을 멈추지 못하게 했어요. 나는 쉴 새 없이 먹었어요. 먹고 먹고 또 먹고. 명절이 아니면 언제 먹어 보겠냐는 듯이 게걸스럽게 먹어 치웠죠.

"너 다이어트는 안 하냐?"

사촌 오빠가 핀잔을 주었지만, 나는 그저 씩 웃었어요. 작년 같았으면 속상한 마음에 금방이라도 왈칵 눈물을 쏟았겠지만, 올해는 달랐으니까요.

나는 이제 '통이'였어요. '뚱이'가 아니라 '통이'.

뚱이라는 별명은 너무하다며 새 친구 은지가 붙여 준 새 별명은 통통하고 귀여운 '통이'였어요.

"오빠, 여자는 깡마른 것보다 좀 통통해야 보기가 좋은 거야."

나는 아무렇지도 않게 농담도 던질 수 있었어요. 언제부터 네가 뚱뚱이 아니라 통통이었냐는 말이 되돌아왔지만 괜찮았어요. 사촌 오빠는 옆 반에 있는 그 애를 못 봐서 하는 소리니까요.

그 애를 처음 봤을 때 나는 복잡한 기분이 들었어요. 그 애는 정말 어마어마하게 뚱뚱했거든요. 100킬로그램은 거뜬히 넘어 보였는데, 아니 120킬로그램은 되어 보였어요. 처음에는 놀라웠고, 그다음에는 그 애의 존재 자체가 달갑지 않았어요. 불쾌했죠. 초등학교 내내 뚱이라고 놀림 받아 온 내 생활, 놀림을 받으니까 주눅이 들고, 그래서 자꾸 더 소심해져만 가던 내 과거를 떠오르게 만들었기 때문이에요. 같은 시기를 더 혹독하게 치렀을 그 애에게 동질감을 느끼면서도, 한편으로는 동질감을 느끼는 내 자신이 혐오스러웠다고나 할까요. 그 애를 보고 있는 것 자체가 힘들었어요. 지금 내가 그 애를 보면서 참 뚱뚱하다고 생각하듯이 다른 사람들도 나를 이렇게 보고 있을 거라 생각하면 미칠 것 같아서요.

"와, 쟤 보니까 우리 반 뚱이는 통이네. 통이야."

그런데 우연히 곁에 서 있던 은지가 웃으며 말했을 때, 나는 내 생각이 틀렸다는 걸 깨달았어요. 순식간에 상황은 반전되었지요. 그 애가 옆 반으로 전학 온 것은 저주가 아니라 축복이었던 거예요. 그 애 덕분에 나는 전혀 뚱뚱해 보이지 않았던 거지요. 갑자기 나는 움츠러들었던 마음이 쫙 펴지는 걸 느꼈어요. 그래서 평소의 나라면 전혀 하지 않았을 말을 내뱉었죠.

"통이? 그거 마음에 드는 별명인데?"

꼭 내가 한 말 같지 않았어요. 별로 친하지도 않은 은지에게 그런 말을 할 수 있으리라곤 꿈에도 생각하지 못했어요. 은지도 의외라는 듯 나를 바라보더니 웃었지요. 기분 나쁜 비웃음이 아니라 친근한 웃음으로요.

"너 생각보다 성격 좋다. 집이 어디야?"

그날부터 은지는 내 친구가 되었어요. 은지와 같이 다니는 친구들도 내 친구가 되었죠. 나는 점점 대범해져서 먼저 장난을 걸기도 했어요. 아이들은 내가 말을 안 할 때는 몰랐는데, 알고 보니 정말 재미있는 아이라며 좋아해 주었어요. 드디어 나는 여느 아이들처럼 평범하게 친구들과 몰려다니며 웃고 떠들게 된 거예요. 아, 언니처럼 예쁘고 날씬한 사람은 모를 거예요. 초등학교 때 늘 놀림 받고 우울하게 지냈거든요. 그러니 이건 차원이 다른 경험이었어요.

그래서 나는 사촌 오빠의 놀림에도, 명절의 기름진 음식에도 관대해진 거예요. 덕분에 몸무게가 1킬로그램 늘어났지만, 그래 봤자 85킬로그램이었으니까요. 몇 날 며칠 초콜릿만 먹는다 해도 그 애처럼 엄청나게 뚱뚱해지진 않잖아요.

주말이 붙어 다른 때보다 긴 일주일의 명절 연휴가 끝났어요. 나는 불어난 1킬로그램이 약간 마음에 걸렸지만, 그래도 친구들을 만난다는 생각에 즐거운 마음으로 학교에 갔어요. 그런데 3층에 다다르자마자 야릇한 기분이 들었죠. 다른 날과 분위기가 달랐거든요. 복도에 지나치게 많은 아이들이 나와 있었어요. 웅성웅성. 내용을 알 수 없는 말이 뭉쳐져서 허공을 맴돌았죠.

불길했어요.

나는 직접 물어보지 못하고 다른 애들 눈치만 봤어요. 그러다 아이들이 모두 어느 한쪽을 보고 있다는 걸 깨달았죠. 그리고 보니 우리 옆 반. 그 앞에 가장 많은 아이들이 몰려 있었어요. 도대체 무슨 일이 벌어진 거지? 나와는 상관없는 일이 분명한데도 알 수 없는 두려움이 몰려 왔죠.

나는 옆 반 앞에 서 있는 아이들 사이에서 은지를 발견하고 다가갔어요.

"무슨 일이야?"

은지는 마침 내가 온 게 무척이나 다행이라는 듯이 떠들기 시작했어요. 내내 그 자리에 서서 말할 상대를 기다려 온 것처럼. 은지는 자기가 본 놀라운 일을 퍼뜨리기 위해 작심한 사람처럼 흥분해 있었죠.

"걔 있잖아, 걔. 걔가 글쎄!"

이야기를 듣는 내내 나는 아무 말도 할 수 없었어요. 은지는 정말 놀라운, 그리고 꽤나 중요한 이야기를 했어요. 그 애 얘기였어요. 나를 통통으로 만들어 준 그 애. 그 애가 도로 전학을 간 것보다 더 나쁜 일이었어요. 최악. 나는 토할 것 같았지만 꾹 참고 끝까지 서 있었어요. 믿고 싶지 않은, 믿을 수 없는 이야기였으니까요. 조금 뒤 옆 반 교실에서 한 여자애가 나왔을 때, 나는 다리에 힘이 풀려 주저앉을 뻔했어요. 은지 말은 명백한 사실이었죠. 정말 말랐고 정말 아름다워 보이는 이 여자애는 그 애가 맞았어요. 120킬로그램은 되어 보이던 그 애 말이에요.

"거봐. 진짜지? 일주일 만에 80킬로그램은 뺀 것 같아. 사람 둘을 들어낸 거나 다름없다고. 이게 말이 되니?"

은지는 내 기분도 모르고 떠들어 댔어요. 그 애 귀에도 다 들릴 정도로 호들갑을 떨었죠. 나는 당장이라도 교실 뒤편에 보이는 대걸레로 은지 입을 틀어막고 싶었어요. 나도 눈이 있으니까 지금 똑같은 걸 보고 있는데!

그 애는 예전 그 애와 달랐지만, 분명히 같은 애였어요. 또렷한 이목구비는 더욱 또렷하게 빛났고 나올 데는 나오고 들어갈 데는 들어간 날씬한 몸매가 고혹적이기까지 했어요. 도대체 어떻게 된 걸까요? 흡사 마법에 걸렸다가 풀려난 개구리 왕사 같았죠. 그 애는 원래부터 이런 모습이었다는 것처럼 아무렇지도 않게 관중을 향해 웃어 주었어요. 은지처럼 놀라 호들갑을 떨던 무리들은 그 애와 눈이 마주칠 때마다 어색하게 웃었죠. 그러다 이윽고 그 애가 나를 봐 줬어요. 눈이 마주친 순간, 욕이 튀어나올 뻔했어요. 젠장.

나는 그 애를 늘 지켜보고 있었어요. 그리고 그 애도 마찬가지였다는 걸 나는 알고 있었죠. 우리는 한 번도 대화를 나눈 적이 없었지만, 늘 서로를 의식하고 있었어요. 동질감, 그리고 혐오감. 우리는 서로를 미워하면서도 좋아했어요. 다만 우리는 대화를 나눌 수가 없었죠. 만약 우리가 이야기를 한다면, 우리를 제외한 타인들에게 좋은 구경거리가 될 테니까요.

뚱뚱한 것들끼리 친하다.

끼리끼리 논다.

우리는, 적어도 나는 그런 시선을 견딜 수가 없었어요. 그래서 더욱 은지처럼 평범한 애들과 평범한 이야기를 주고받으며 견뎌 온 거예요.

그런데 좀 전에 시선이 마주치는 순간, 나는 깨달았어요. 이제 모든 게 다르다. 동질감 또는 혐오감은 우리 사이에 존재하지 않는다. 그 애는 더 이상 뚱보가 아니었어요. 오히려 미녀였죠. 그 애는 나와 눈이 마주친 짧은 순간 살짝 웃었어요. 다른 애들에게 보여 주던 웃음과는 달랐어요. 이제는 자신과 달라진 내 신분을 비웃은 것인지, 아니면 나에게 미안해서 지은 웃음인지는 알 수 없었죠. 그저 다르다는 건 알았어요. 확실히 말할 수 있는 건, 현재 그 애는 행복하다는 거예요. 나는 그 애가 얼마나 행복할지 짐작도 할 수 없었고 부러워서 미칠 것 같았어요.

그 애는 스타가 되었어요. '초절정 비만녀'로 유명세를 떨칠 때, 그 애 곁에는 늘 사람 대신 말만 떠돌았죠. 쑥덕거리는 소리가 허공을 갈라 그 애 귀에도 들어갔을 건 뻔한 일이었어요. 누군가 그 애 이야기를 할 때마다 나는 얼마나 안도했는지 몰라요. 쑥덕거림의 주인공이 내가 아니라 그 애라는 것이 얼마나 다행이었던지.

여전히 아이들은 그 애 이야기로 쑥덕거렸지만, 전처럼 기분 나쁜 느낌은 아니었어요. 그 애의 아름다움에 대해서 또는 그 애의 다이어트에 대해서 무성한 소문이 돌았는데, 때론 흉을 보는 아이들도 있었지만 그 말에는 질투가 물씬 묻어나 있었거든요. 누군가의 질투를 불러일으키다니. 그 애는 자신에게 그런 일이 일어날 줄 알았을까요?

나는 점점 말수가 줄어 갔어요. 시시껄렁한 농담으로 친구들을 즐겁게 해 줄 여유가 내게는 없었어요. 내 머릿속은 한 가지 생각으로만 가득 차 갔지요.

그 애는 어떻게 살을 뺀 걸까?

그 애의 엉덩이, 허벅지, 허리, 팔뚝. 어디에도 예전 살덩어리는 남아 있지 않았어요. 지방 흡입을 했다면 살과 피부가 늘어졌어야 하지만 그 애의 피부는 한 번도 거대하게 늘어난 적 없었다는 듯 탄력이 넘쳤어요. 도대체 무얼, 어떻게 했길래 단 일주일 사이에 다른 사람으로 될 수 있었지? 칼로 잘라 낸 것처럼 사라진 그 살들은 어디로 간 거지? 난 홀로 질문하고 또 질문했어요.

"야, 통이! 무슨 생각해?"

은지가 나를 툭 쳤어요. 부쩍 말수가 줄어든 걸 이상하게 생각하는 눈치였죠.

"어, 미안."

"너 내 말 안 들었지?"

은지가 눈을 가늘게 떴어요. 다른 애들도 덩달아 얼굴이 화나 보였어요. 변한 거죠. 벌써 내 위치는 다시 예전의 똥이 시절로 돌아가고 있었어요. 다 그 애 때문이에요. 그 애는 존재만으로도 나를 주눅 들게 하고 있었어요. 비참했어요. 그 애에게 걸려 있는 마법이 무엇인지는 몰라도 나에게는 저주였죠.

"몸이 좀 안 좋아……."

나는 대충 둘러대고 무리에서 빠져나왔어요. 먼저 간다고 핑계를 댄 거지만, 돌아와서 생각해 보니 웃겼어요. 나는 그 무리 중 누구보다 덩치가 좋고 건강해 보였으니까요. 지금쯤 은지와 아이들은 나를 비웃고 있을지도 몰랐죠. 내가 생각해도 우스운 변명이었어요.

비웃음 소리가 쫓아오기라도 할까 봐 서둘러 교문을 나서는데, 뜻밖의 인물이 교문 앞에 서 있었어요. 바로 그 애였죠. 눈부시게 아름다워진 그 애. 큰 키는 그 애를 모델처럼 보이게 해 주었어요. 그 애가 나를 보고 또 웃었죠. 말은 하지 않았지만, 마치 나를 기다린 눈치였어요.

나는 자석에 이끌리듯 그 애 쪽으로 다가갔어요. 그 애가 고개를 살짝 끄떡이더니 어디론가 향했어요. 나는 용케 알아듣고 그 애 뒤를 따라갔죠.

인적이 드문 곳에 이르자, 그 애가 입을 열었어요.

"너도 알고 싶지?"

그 애 목소리가 그렇게 달콤하고 매력적인지 처음 알았어요. 전에는 말을 거의 하지 않아서 여태 목소리를 들을 기회가 없었던 거죠.

"응."

그럴 줄 알았다는 듯이 그 애가 웃었어요. 역시 그랬던 거예요. 우리는 대화를 안 해도 서로를 의식하고 있었어요. 내가 그랬듯이, 그 애도요.

"애들이 기적의 다이어트니 뭐니 물으며 떠들어도 나 입 뻥끗도 안 했어."

"알아. 그래서 소문이 점점 제멋대로 뻗어 나갔잖아. 그런데 진짜 너 수술한 거야?"

우리는 쭉 친하게 지내던 친구처럼 편하게 말을 주고받았어요. 은지에게 말할 때보다 훨씬 마음이 편했죠. 그 애는 아무도 없는데도 목소리를 낮췄어요.

"너한테는 알려 주고 싶었어. 아주 오래전, 내가 이 학교로 전학 온 첫날부터 네가 늘 날 바라본다는 걸 알고 있었거든. 그래서 날씬해진 날 네가 어떻게 볼지도 가장 궁금했어."

기분이 나쁘지는 않았어요. 나쁜 뜻으로 한 말 같지는 않았거든요.

"나, 정말 알고 싶어."

"말해 줄게. 다만, 아무한테도 내가 가르쳐 줬다는 걸 말하면 안 돼."

마침내 그 애가 입을 열었어요.

나는 그 애가 알려 준 길을 몇 번이고 머릿속에 되새겼어요. 옆으로 앞으로 몇 걸음, 뒤로 몇 걸음. 평범한 골목 길에서 산으로 들어가기 전에 보인다는 '특별한 바위'를 찾아야 한댔어요. 바위는 한눈에 알아볼 수 있을 거라고 했죠. 필요한 사람에게는 보인다면서요.

안개 짙은 새벽. 나는 비장한 표정으로 길을 떠났어요. 무섭다기보다는 꿈을 꾸듯 기묘하고 이상했어요. 마치 내가 안개가 된 듯 둥둥 떠 있는 것 같으면서 비현실적이었죠. 그 애가 날씬해져서 나타난 순간부터 이 상황까지가 모두 비현실적이었어요.

난 그 애가 말한 곳에서 택시를 탔어요. 인적이 드문 곳이라 걱정했지만 마침 택시 한 대가 서 있었어요.

"어디로 가십니까?"

기사 아저씨가 물었어요. 나는 아저씨가 모를까 봐 걱정하면서 바위에 대해 설명했어요.

"아, 인어공주 바위요?"

다행히 기사 아저씨는 그 바위를 알고 있었어요.

바위는 정말 한눈에 알아볼 수 있었어요. 바위를 보자마자 나는 뚱뚱한 인어공주가 떠올랐어요. 누군가에는 그렇게 보이지 않았겠지만, 나에게는 그렇게 보였죠. 내가 인어가 되어 꼬리를 팔딱이는 모습이 눈에 선했어요.

바위에 손을 대는 순간, 문이 나타났어요. 아니, 허름한 집이 나타났어요. 옛날 곳간처럼 생긴 작은 집 한 채. 그 안에는 삐쩍 마른 여인이 있었어요. 나이는 40대? 아니면 50대? 꼭 미라처럼 살이 말라붙어 뼈를 겨우 감싸고 있는 느낌. 여인은 아무것도 없는 창고 같은 집 한가운데에 서 있었어요. 그 애가 마녀라고 칭했기에, 나는 마법 구슬 따위가 가운데에 있고 빨간 양탄자가 깔려 있는 영화에나 나올 법한 집을 생각했었어요. 백발의 마녀가 검은 옷을 입고 주문을 외워 나를 유혹하리라 상상했던 거예요. 물론 여인은 흰머리가 희끗희끗했고 부스스했어요. 다만 한없이 불쌍하고 초라해 보였죠. 마녀가 아니라 난민 같은 느낌. 여인은 조금 뒤 입을 열었어요. 바삭바삭

말라비틀어진 목소리로요.

"문 닫아."

문이 열려 있는지도 몰랐어요. 문을 닫는 순간 혹시 문이 사라지고 영영 이 안에 갇히는 건 아닐까 걱정이 됐죠. 하지만 내 손은 의지와 상관없이 문을 닫았어요. 여인이 정말 마녀라서 나를 조종한 것인지, 여인의 눈빛에 눌려 내 몸이 저절로 반응한 것인지 알 수 없었어요.

여인은 나를 한번 훑어보고는 미동도 하지 않고 그대로 서서 설명을 시작했어요. 설명이 아니라 흡사 주문을 외는 것처럼 들렸죠. 말의 높낮이와 빠르기가 일정해서 불경을 외는 소리 같기도 했어요.

"1킬로그램을 덜어 낼 때마다 한 명이 죽는다. 알약 한 알당 1킬로그램, 그리고 한 사람의 목숨. 딱 일주일이다. 일주일 뒤에는 먹지 않은 알약의 효과가 사라진다."

"사람이 죽, 죽는다고요?"

여인은 대답하지 않았어요. 내 결정을 기다리며 서 있을 뿐이었죠. 내가 아는 사람이 죽는 건지 궁금했지만 어차피 대답은 돌아오지 않을 듯하여 더 묻지 않았어요. 나는 일단 알약들이 든 약병을 받아 두기로 했죠. 일주일 뒤면 먹지 않고 남은 알약들은 효과가 사라진다고 하니, 가지고만 있다가 먹지 않으면 그만이니까요.

여인은 내가 고개를 끄덕이자마자 별말 없이 약병을 건네주었어요. 다행히 문은 그대로 있었고 나는 문 밖으로 나와 뒤도 돌아보지 않고 집까지 달렸어요. 심장이 미친 듯이 뛰어서 걸음을 멈출 수가 없었거든요. 알약을 받아 온 것만으로도 벌써 누군가를 죽인 느낌이었죠.

그러나 학교에 가야 하는 일상이 시작되자, 모든 게 허무맹랑하다는 생각이 들었어요. 마치 꿈을 꾼 것만 같았죠. 그래서 꿈이 아니라는 증거인 알약을 봐도, 더는 무섭거나 소름끼치지 않았어요.

잠자리에 들기 전, 나는 약병을 흔들어 보았어요. 손에 딱 들어오는 크기의 약병에는 하얀 알약이 반쯤 채워져 있었어요. 눈으로 개수를 어림짐작해 보니 얼추 40알 정도는 되는 듯했어요. 40알이면 40킬로그램. 그럼 나는 45킬로그램이 될 수 있는 거죠. 상상만으로도 좋았어요.

"에이, 말도 안 돼."

모든 게 농담처럼 여겨졌어요. 그 애가 어디서 특별한 시술, 아니 수술을 받아 살을 빼 놓고서 나에게 거짓말을 한 건 아닐까? 어느 노숙자 할머니와 짜고 나를 속이고는 어디선가 낄낄대고 있는 건가? 알약만으로 살을 뺄 수 있다는 건 정말 말도 안 되잖아요. 게다가 한 알에 한 명씩 사람이 죽는다니, 해리 포터가 사는 세계에서도 일어날

리 없을 법한 일이라고요. 게다가 알약은 마치 나를 비웃 듯, 지나치게 평범했어요.

시험 삼아 딱 하나만 먹어 볼까? 그러다가 정말 한 사람이 죽으면 어쩌지? 나 때문에 사람이 죽는다면? 설마. 아냐, 설마가 사람 잡는다고. 아니지, 말이 안 되잖아. 내가 이 알약을 먹었는지 누가 어떻게 알고 사람이 죽어?

온갖 생각을 했지만 사실 나는 먹어 보고 싶었어요. 살을 쉽게 빼는 방법이 눈앞에 있는데 어떻게 가만히 있겠어요. 딱 한 알만, 시험 삼아 먹어 보자 싶었죠.

결국 자정이 다 되어 가는 시각에 나는 한 알을 꿀꺽 삼켰어요.

84킬로그램.

정확히 1킬로그램 감량. 명절에 쪘던 살이 빠진 것일 수 있었어요. 혹시나 하는 마음으로 아침 뉴스에 귀를 기울였지만 언제나 그렇듯 사건 사고는 너무 많았어요. 물론 죽은 사람도 많았죠. 누가 나 때문에 죽은 것인지는 도저히 알 수 없었어요. 정말 알약 때문에 살이 빠졌는지도 증명할 길이 없었죠.

복도에서 우연히 그 애와 마주쳤어요. 그 애의 눈길은

잠시 나에게 머물다가 고개를 휙 돌렸죠. 아이들이 그 애를 부른 탓이었어요.

"얘, 네가 빠지면 되니? 빨리 와. 뭐 해?"

옆 반 아이들이 그 애를 친근하게 둘러쌌어요. 그 애는 씽끗 웃었죠. 갸름한 턱선 탓인지, 살에 파묻혀 있던 눈이 커진 탓인지 밝고 아름다웠어요. 그리고 찬란했어요.

"알았어. 금방 갈게."

그 애 목소리는 싱그럽고 사랑스러웠어요. 모두가 그 애를 좋아하는 것 같았어요. 전과 달리 자신감 넘치는 눈빛은 그 애를 반짝반짝 빛나게 해 주었어요.

나는 이제 선과는 다른 이유로 그 애와 대화할 수 없었어요. 전에는 우리가 같은 부류여서 그랬다면, 지금은 정반대의 이유였죠. 이제 우리는 어울리지 않았어요. 내가 그 애에게 말을 걸면 주변 시선이 어떨지가 뻔했어요. 나에게 쏟아질 동정의 시선. 그 애처럼 되고 싶어 안달 난 나를 불쌍히 여기며 혀를 끌끌 차는 아이들. 이제는 여신이 되어 버린 그 애는 내가 다가갈 수 없는 곳에 있었어요. 아무리 뒤에서 그 애가 성형을 했다느니 불법 수술을 받은 거 같다느니 떠들어 대도, 결국 모두 그 애를 예전과 다르게 대하고 있었어요.

나는 밤이 되도록 그 애와 알약에 대해 생각하고 또 생각했어요. 잠깐 눈이 마주친 순간, 그 애는 내가 마녀 같은 여인을 만났다는 걸 눈치챘을 거예요. 그리고 망설였지만, 결국 알약을 받아 왔다는 것도 알았을 거예요. 내가 알약을 먹은 것도 알았을까요? 살 빠진 티가 나지 않으니 모를 수도 있었겠죠?

　나는 손바닥에 알약을 조금 덜었어요. 다섯 알이 나왔어요. 먹어 볼까 싶었어요. 5킬로그램 정도는 하루아침에 빠질 몸무게가 아니니까 알약이 진짜인지 아닌지 검증할 수 있겠죠.

　다음 날, 눈을 뜨자마자 착각인지는 모르지만 몸이 좀 가볍다는 느낌이 들었어요. 거울을 보기도 전에 체중계 위에 올라섰죠. 79킬로그램. 정말 앞자리가 바뀌어 있었어요. 간밤에 계산한 대로 딱 5킬로그램이 빠진 79킬로그램. 얼굴이 왜 그렇게 안되었냐며 밤새 잠을 못잔 거냐고 걱정하는 엄마 목소리에도 나는 서둘러 뉴스부터 찾아봤어요. 메인 뉴스에는 별 기사가 없었죠. 검색에 검색을 거듭한 끝에 찾아낸 기사에는 미국에서 새벽에 술을 마시고 도보로 귀가하던 다섯 명의 대학생이 날벼락을 맞고 즉사했다는 사건이 나와 있었어요. 말 그대로 마른하늘에 날벼락이라면서요.

"너, 넌 무섭지 않았어?"

내 목소리가 떨렸어요.

오늘 아침 눈이 마주친 그 애가 먼저 쪽지를 건네주었어요. 학교가 끝난 뒤 조금 떨어져 있는 다른 중학교 앞 생과일 주스 가게에서 만나자는 내용이었어요. 그 가게라면 우리 학교 애들에게 들킬 일이 없거든요. 워낙 사이가 안 좋은 학교였기 때문에 갈 일이 없었거든요. 우리는 이목을 끌지 않기 위해 일부러 사복으로 갈아입고 만났어요.

"뭐가?"

"미국에서…… 다섯 명이 벼락에…… 맞았대."

"5킬로그램? 처음에는 나도 그랬어. 한 알, 그다음엔 세 알. 알약이 진짜인지 궁금했거든. 그런데 진짜인 걸 알고 나니까 욕심이 났어. 그렇게 열 알 스무 알……. 우리 엄마는 내가 자꾸 야윈다며 죽을병에 걸린 게 아닌가 걱정을 하더라. 야위다니, 어떻게 그런 표현을 쓸 수가 있지?"

아침에 내 얼굴이 안되어 보인다고 걱정하던 엄마가 떠올랐어요.

"그래서 엄마한테 뭐라고 했어?"

"병에 걸린 게 아니라 체질이 변해서 이제야 제자리를

찾아가는 거라고 했지. 내 본모습이 되어 가는 거라고. 어쨌든 지금은 좋아하셔. 내가 더 마르지 않고 딱 좋은 때 멈추었으니까."

"그래도…… 넌 몇 알 먹었어? 난 약병에 40알밖에 없던데."

"난 80알 정도는 있었나 봐. 안 세어 봤어. 다만 80킬로그램이 빠졌으니까 그 정도였을 거라고 짐작하는 거야."

"80……."

그 애는 내가 무슨 생각을 하는지 다 안다는 듯 코웃음을 쳤어요. 기껏 비법을 가르쳐 줬는데도 망설인다니, 조금 미안하기도 했지만 불현듯 추석 연휴에 보았던 뉴스가 떠올랐죠. 중국 터널에서 일어난 대형 추돌 사고. 유독 가스를 실은 트레일러가 넘어지는 바람에 한꺼번에 29명이 사망했던 그 뉴스. 설마 그 사고도……?

"난…… 모르겠어."

마음이 복잡했어요.

"날 봐. 나처럼 되고 싶지 않아? 그 먼 곳에 사는, 누군지도 모르는 사람들이 나 때문에 죽었다는 증거 있어? 그 마녀 할머니가 그렇게 말했다고 해서 그게 진짜라는 증거가 있느냐고. 설사 그게 사실이라고 해도 어차피 나랑 아무 상관도 없는 사람들이잖아."

그 애가 내 팔목을 잡았어요. 차가운 손. 기다란 손가락이 부드럽게 내 팔을 쓰다듬었어요. 꼭 나에게 공범이 되자고 유혹하는 것 같았죠. 그러자 갑자기 깨달았어요. 그 애가 나에게 자신의 비밀을 기꺼이 말한 이유를요.

"……미안해."

난 공범이 될 수 없었어요. 그 애는 아무 상관이 없다고 했지만, 사실 죄책감을 느끼고 있겠죠. 그래서 혼자 괴로워하기 힘들어 누군가와 짐을 나눠 지고 싶었던 거예요. 고개를 흔들며 돌아서는 나를 보고 그 애는 비웃었어요.

다음 날은 결심한 대로 알약을 먹지 않았어요. 서랍 깊숙이 넣어 두고 아예 열지 않았죠. 이 와중에도 그 애는 점점 더 화려해져 갔어요. 이제 아이들은 그 애가 원래부터 이런 모습이었다는 듯이 대했어요. 그 애를 좋아하는 남자애들이 팬클럽을 만들 정도였죠. 남자애들은 그 애가 복도에 나타나면 우르르 몰려나와 이름을 불러 댔어요. 그중에는 내가 한때 좋아하던 남자애도 있었어요. 물론 혼자 좋아하고 혼자 그 마음을 억지로 정리한 상태예요. 그 남자애가 내 마음을 받아 줄 가능성은 0퍼센트 같아서.

때마침 돌아보던 그 애와 눈이 마주쳤어요. 그 애는 내 마음을 꿰뚫어 보듯 그 남자애를 향해 웃어 주었어요. 맞아요. 내 마음속이 이글거리는 건 당연한 일이죠. 나도 이목구비는 예쁜데 살이 쪄서 아쉽다는 말을 많이 들었어요. 다들 그냥 하는 소리가 아니라, 실제로 내 눈, 코, 입을 뜯어보면 예쁜 편이었어요. 살만 빼면 나도 가능성이 있다는 소리죠.

살을 빼는 것은 아주 쉬웠어요. 그 애 말이 맞았어요. 그들이 죽는 건 나랑 상관없는 일일 가능성이 더 컸어요. 아니, 그런 일은 과학적으로 절대 말이 안 돼요. 기껏 알약 하나를 먹었을 뿐인데 사람 목숨을 앗아 갈 수 있다는 건 말도 안 되는 일이잖아요.

"괜찮아."

나는 알약을 조금씩 덜어 눈을 딱 감고 삼켰어요. 그러기를 몇 차례. 약통 안에 한 알이 남았어요. 며칠에 걸쳐 먹었더라면 더 좋았을 테지만 이제 알약의 효과가 남아 있을 시간이 별로 없었죠. 목표는 45킬로그램. 한 알을 마저 먹으면 가능한 몸무게였어요. 이왕 먹은 거 한 알을 더 못 먹을 이유는 없었어요.

나는 남은 한 알도 삼켰어요.

"세상에!"

엄마가 소스라치게 놀랐어요. 당연하죠.

"도대체 어떻게 된 거야?"

"새로 유행하는 디톡스가 잘 먹혔나 봐."

나는 미리 생각해 둔 대답을 말했어요. 그래도 엄마는 당장 병원에 가 보자고, 이건 예삿일이 아니라고 난리였어요. 아침 뉴스에는 아르헨티나에 지진이 나서 33명이 사망했다는 뉴스가 나오고 있었어요. 엄마는 그런 뉴스는 아랑곳없이 내 팔다리를 쓰다듬고 얼굴을 어루만졌죠.

"어, 한 명은?"

어제 먹은 알약은 모두 34알이었어요. 한 명이 부족했죠. 지진이 난 건물 틈에 남은 한 명이 더 있는 건 아닐까 싶었죠. 내가 익명으로 제보라도 해야 하나 싶어서.

"한 명이라니? 그게 무슨 말이야? 너 정말 아픈 거 아니니?"

엄마가 내 눈을 까뒤집었어요. 아무래도 내가 너무 급하게 알약을 먹었나 봐요. 나는 45킬로그램이었으니까요. 얼굴은 제법 괜찮았죠. 거울에 비친 내 모습을 보니 빨리 학교에 가고 싶었어요. 내 모습을 모두에게 보여 주어 놀라는 눈빛들을 보고 싶었어요.

학교를 다녀와서 병원에 가기로 약속한 뒤에야 엄마에

게서 풀려나 학교로 갈 수 있었어요. 그런데, 교실로 올라가는데 뭔가 이상했어요. 마치 그 애가 처음 살을 빼고 나타났던 그날 같았어요. 웅성거리는 소리가 계단까지 들렸어요. 애들은 내가 살을 뺀 걸 아직 모르는데 이상한 일이죠?

"말도 안 돼. 갑자기 어떻게 그래?"

"나도 진짜 안 믿겨. 기분이 이상해."

애들이 수군거리는 소리가 그날과는 조금 달랐어요. 질투보다는 동정심이 느껴지는 말들. 불길했어요. 설마 누군가, 학교에 있는 누군가가…….

"분명히 다이어트 약 부작용일 거야. 그렇게 살을 확 뺄 정도면 이상한 약을 먹은 거 아니겠어?"

은지가 말하는 소리가 들려왔어요.

말을 마친 여자애가 빈 약병을 내밀었다.

"정말 이걸 주면 제가 편해져요?"

"아…… 그게, 나는 그저…….."

처음부터 이런 이야기를 듣게 되다니. 심부름꾼일 뿐이라 아무것도 모른다고 말하려다가 불안해 보이는 그 아이에게 차마 그렇게 말할 수가 없었다. 소장이 편해질 거라고 약속을 했다면, 내가 뭐라고 말할 입장이 아니었다.

"이 이야기를 누군가에게 솔직히 털어놓는 게 어려웠어요. 자꾸 약속을 어겨서 미안해요, 언니."

"괜찮아질 거예요. 물건과 사연은 제가 소장님께 잘 전해 줄게요."

일어서는 그 아이가 휘청거렸다. 어지러운 듯했다. 뭘 좀 더 먹지 않겠냐고 하려다가 그 아이의 앙상한 팔목을 보고 멈칫했다. 그 애는 45킬로그램으로 보이지 않았다. 아무리 많이 보려 해도 40킬로그램이 안 되어 보였다. 설마 그 뒤의 이야기가 더 있는 걸까? 몸무게 유지를 위해서 무리한 다이어트라도 하는 걸까? 그게 아니라면……. 하지만 내가 물을 새도 없이 그 아이는 도망치듯 계단을 내려갔다. 내 손에는 위생백에 담긴 빈 약병만이 남아 있었다.

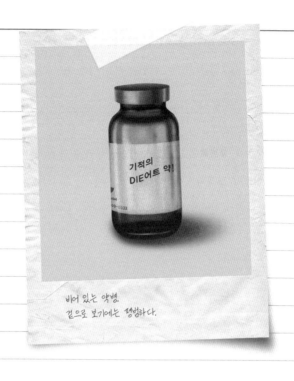

비어 있는 약병.
겉으로 보기에는 평범하다.

AMU-043 : 다이-어트 약병

위험도 : D (다만 내용물이 들어 있을 때는 A로 올라간다)

설명 : AMU-043은 겉보기에는 평범한 약병 같은 모습을 가지고
있다. 약병에는 '기적의 DIE어트 약!'이라고 써진 조악한 스티커가
붙어 있는데, DIE(죽음)만 영어로 쓰여 있다는 것이 특징이다. 그
스티커 아래에는 '유통 기한 : 일주일'이라고 적혀 있는데, 그

일주일의 기준에 대해서는 정확히 밝혀진 바가 없다.

또 스티커 하단에 있는 제조사 전화번호는 확인 결과 지금껏 한

번도 사용한 적이 없는 번호임이 밝혀졌다.

발화자 ■■■의 증언에 의하면, 약병 안의 약을 한 알 먹으면

다음 날 몸무게가 1kg이 줄어드는 대신, 한 명이 사망한다고 한다.

총 40개의 알약을 먹으면 다음 날 몸무게 40kg가 줄어드는 대신,

40명이 사망한다는 것.

다만 사망자는 무작위로 선발되기에, 발화자는 누가 죽는지 알 수

없다. 또한 어떤 특정 사건과 약과의 연관 관계를 확인할 방법도

없다.

현재 약은 남아 있지 않지만, 약병 안에 남아 있는 성분을 채취하여

조사해 본 결과, 100% 밀가루인 것으로 밝혀졌다. 그 외에 어떤

유효한 약 성분도 발견되지 않았다.

3. 뒤집기

xx 고등학교 앞, M 밀크티 전문점.

오후 4시. 남학생.

나는 아이스 밀크티를 한 잔 시키고 남자애를 기다렸다.

초조하게 시간을 확인했다. 3시 54분. 약속 시간까지는 아직 몇 분의 여유가 있었다. 처음에는 별생각 없이 공짜 밀크티를 먹을 수 있다는 게 좋았지만 약속 시간이 다가올수록 긴장이 됐다. 첫 임무를 어렵게 성공하고 나니 이 약속도 틀어질 수 있다는 생각에 불안해졌다. 이번에는 어떤 남학생이, 왜 나오는 걸까? 와서 무슨 이야기를 하려는 걸까? 다이어트 이야기만큼 괴상한 이야기일까?

4시 2분.

"사무소?"

키 큰 남자애가 내 앞에 섰다. xx 고등학교 교복을 입고 있었다.

"아. 어떻게 알았어요?"

"평범한 여자애가 올 거라고 했거든요."

헛웃음이 나왔다. 그렇게 말한 소장이나 그 단서로 나를 찾은 남자애나 다 마음에 들지 않았다. 내가 평범한 건 맞지만, 카페는 나만큼이나 평범한 여자애들로 가득 차 있었다.

"잠깐만요. 주문하고 올게요. 밀크티?"

"골드로."

"아."

골드 밀크티가 500원 더 비쌌다. 상관없었다. 영수증을 가져가서 청구하면 되니까.

마침내 밀크티가 나왔고 우리는 마주 앉았다. 남자애는 씁쓸한 얼굴로 창밖을 내다보고 있다가 다시 나를 보았다.

"시작할까요?"

"네. 그럼 녹음할게요."

나는 스마트폰의 녹음 버튼을 눌렀다.

1시간 남짓 들은 이야기는 역시 믿기지 않았다. 거짓말이라고 생각하려 해도, 그다지 의미가 없는 거짓말을 일부러 나를 만나 가면서까지 한다는 게 말이 안 됐다. 나는 이야기를 듣는 내내 지금 이 남자애가 무슨 말을 지껄이는 것인지 알 수가 없었다.

이야기를 마친 남자애가 티셔츠가 든 검은 봉지를 줬을 때도 완벽히 믿지 않았다.

"이게 그 티셔츠?"

"증거 물품 같은 게 있어야 한다면서요. 어쨌든 난 줬으니까 약속 지키라고 해요."

"약속?"

소장이 했다는 약속인가? 남자애는 잠시 나를 바라보다가 이내 고개를 돌리고 카페를 나가 버렸다. 그 잠깐 사이에 남자애의 눈동자가 흔들리는 것을 난 분명히 보았다.

나는 그대로 앉아 아무 사무소에서 챙겨 온 노트북을 꺼냈다. 이어폰을 꽂고 녹음된 이야기를 다시 들으면서 문장을 정리하기 시작했다. 다시 들어도 기분이 이상해지는 내용이었다.

눈을 뜨자마자 생각났다. 오늘은 '그날'이다. 중요한 날. 다른 사람에게는 수많은 날들 중 하루일 뿐이지만, 나에게는 의미 있는 날이다. 아니, 의미가 있어야 하는 날이다.

약속 시간은 12시다. 여느 토요일처럼 시시껄렁한 녀석들을 만난다. 날마다 아무 생각 없이 모여서 쓸데없는 이야기를 지껄이는 놈들이다. 물론 나도 그런 놈들 중 하나고.

우리는 학교에 가지 않는 날에 종종 모여 시간을 보낸다. 아니, 시간을 '죽인다'는 표현이 더 정확할지도 모른다. 달리 할 일이 없기에, 그리고 달리 만날 사람도 없기에 우리는 뭉치곤 했다. 우정? 의리? 개뿔. 혼자 다니는 것보다 몰려다니는 게 더 있어 보인다는 이유 그 이상도, 이하도 아니지 않나?

평소 같으면 일어나자마자 세수는커녕 대충 아무거나 주워 입고 집을 나섰을 것이다. 그러나 오늘은 조금 나르다. 미나가 나오기 때문이다.

작년에 캐나다로 어학연수를 갔던 미나가 1년 만에 돌아왔다. 미나는 우리 무리 중 가장 똑똑하다. 공부도 잘한다. 착하고 성격도 좋다. 그리고 무엇보다 좋은 점은 유일한 여자라는 사실이다. 그것도 아주 예쁜 여자아이.

미나가 우리 무리와 매번 어울렸던 건 아니다. 단지 사촌이 우리 무리라는 이유로 가끔씩 껴서 같이 놀았다. 정말 가끔. 우리는 아주 특별한 날에만 미나를 볼 수 있었다. 누군가의 생일이라든가, 졸업식 날 뒤풀이 자리, 학교축제에서만 우리는 미나를 봤다. 미나의 사촌 녀석은 말을 할 때 침이나 튀기고 지질하기만 했지만, 미나는 정말 꽃같이 예뻤다. 그래서 우리는 특별한 날 받는 선물처럼 미나를 만났다. 미나는 별말 안 하고 앉아 있기만 해도 되었다.

미나가 있는 자리는 여느 때의 모임과 다르다. 모두 똑같이 시시껄렁한 농담을 하고 웃긴 표정을 짓고 있지만, 미묘하게 공기가 다르다. 언제나 욕을 달고 사는 녀석은 수위를 낮춘 무난한 욕만 하고, 야한 농담만 하던 녀석도 입을 다문다. 그리고 공통적으로 모두가 조금씩 상기되어 있다. 눈치가 없는 미나 사촌 녀석만 빼고. 녀석은 여전히 침을 튀기며 말을 했지만, 우리는 평소처럼 핀잔을 주지 않는다. 만약 녀석이 엄청난 배신을 때려도 우리가 친구로 받아 준다면 아마 미나 때문일 것이다.

그런 미나를 못 본 1년은 지옥 같았다. 작년은 중학생이었고 올해는 고등학생이어서만은 아닐 것이다. 삶이 점점 지루했다. 매일이 똑같았고, 매일이 똥 같았다. 하루를 마치고 잠자리에 들며 눈을 감을 때는 내가 오늘 뭘 했나 싶은 생각이 들었다. 허무함과 우울함. 그리고 한 일도 없는데 이상하게 몰려오는 피로. 아니, 상실감. 그러던 어느 날 나는 깨달았다. 이 모든 지루함은 미나가 없어서다. 가끔씩, 선물처럼 얼굴을 비추던 미나가 없어서 이렇게 된 것이다.

그런데 오늘 미나를 만난다니!

"내일 미나도 나온대."

어제 녀석이 담담한 말투로 말을 꺼냈을 때, 나는 심장이 쿵 떨어져 내리는 걸 느꼈다. 다른 녀석들도 발그레한 볼을 하고서 일제히 외쳤다.

"진짜?"

미나가 나온다.

오늘 미나가 나온다.

옷장 서랍을 열었다. 뭘 입지? 입을 만한 옷이 없었다. 옷이 다 거지 같았다. 나는 스스로 옷을 사 본 적이 없었다. 귀찮아서. 그런데 이제 보니 엄마가 사 준 옷들은 다 거지 같았다. 예전에는 엄마 안목이 뛰어나다고 생각했다. 그래서 사 주는 대로 입는 게 잘 입는 건 줄 알았다.

하지만 지금 깨달았다. 엄마 눈은 거지 같았다.

일단 청바지를 꺼내 입었다. 거지 같은 청바지라도 청바지보다 더 좋은 선택은 없었다.

티셔츠가 들어 있는 서랍을 열었다. 티셔츠들이 가지런히 놓여 있었다. 전처럼 가장 위에 놓여 있는 걸 집어서 고민 없이 입었지만, 입어 보니 역시 별로였다. 그 아래에 있는 것을 꺼내 입어 봤다. 역시 별로였다. 그 아래도, 그 아래도. 서랍 뒤쪽에 넘어가 있는 옷도.

어느새 서랍이 엉망진창이 됐다. 조금 전까지는 가지런 하던 옷들이 시위하듯 구겨져 있었다. 미치겠네. 입을 게 없어서 미치겠다.

갑자기 미나가 외국에서 1년이나 살았다는 게 떠올랐 다. 외국 사람들은 진짜 멋진 옷만 입을 것 같았다. 아 마 1년 전 미나보다 훨씬 아름다운 자태로 나타날 것이다. 휴. 어쩌지? 한숨이 절로 나왔다. 미나는 나를 보자마자 거지 같음을 눈치챌 것이다.

그때 영어 상표가 눈에 띄었다. '팀폴'. 내가 아무렇게나 벗어 놓은 옷가지들 사이에서 나를 보고 있었다. 그래. 팀 폴이면 외국 브랜드겠지. 미나도 좋아하겠지? 외국 브랜 드 옷을 입어야 촌스럽지 않겠지.

"두리야, 나간다면서 안 나가?"

엄마가 방문을 벌컥 열었다. 으악! 벌써 12시가 되어 가 고 있었다. 먼 거리는 아니었지만, 지각은 분명했다. 다들 어슬렁거리며 올 녀석들이지만, 미나만은 다르다. 미나는 결코 지각 따위는 하지 않는다.

"내가 알아서 해."

나는 괜히 엄마한테 짜증을 내면서 팀폴 티셔츠를 꿰

어 입고 뛰쳐나가듯 밖으로 나갔다.

헐레벌떡 도착해 보니 이미 약속 시간을 10분이나 넘기고 말았다.

"아이쿠!"

급하게 카페로 들어서다가 한 남자와 부딪치고 말았다.

"죄, 죄송합니다."

남자는 내 옷을 힐끔 보더니 웃으며 괜찮다고 했다.

다행히 미나는 아직이었다. 우리 무리 녀석들은 모두 나와 밀크티 카페를 시끌벅적한 소리로 가득 채우고 있었다. 주위 여자애들이 힐끔힐끔 보는 것도 모르고.

우리는 오늘 처음 와 보는 가게였지만, 요즘 한창 인기 있는 곳이어서 손님으로 가득 차 있었다. 원래는 햄버거 집에서 모이려다가 미나를 위해 장소를 바꿨다.

"야, 이게 맛있냐? 그냥 설탕 넣은 우유 같은데? 웩!"

한 녀석이 먼저 시켰는지 밀크티를 마시다가 토하는 시늉을 했다. 옆 테이블 여자애가 깜짝 놀라 바라보는 게 느껴졌다.

"야, 좀!"

나도 모르게 면박을 주자 그 녀석이 일부러 우스꽝스러운 춤을 추면서 나를 놀려 댔다.

"우에에, 두리 씨는 쌍둥이 하나 형 놔두고 왜 혼자 나오셨어요?"

유치한 녀석. 내 이름이 '두리'라고 늘 하나 형은 어디 갔느냐고 놀리기 일쑤다. 그러자 덩달아 옆에 있는 녀석들도 따라 놀리기 시작했다. 이럴 때는 그냥 녀석들이 재미없어져서 그만둘 때까지 기다리는 수밖에 없었다. 화가 나서 대거리라도 하면 녀석들에게 말리는 꼴밖에 안 된다.

"그런데 두리야, 너 옷 뒤집어 입은 거 아니냐?"

옆에 있는 녀석이 내 티셔츠 뒷덜미를 잡으면서 말했다.

"그런 거짓말에 내가 속을 줄 알아? 내가 왜 옷을 뒤집어 입냐?"

역시 유치한 장난이라 여기고 무시하려 했다. 그런데 다른 녀석도 내 목뒤를 보더니 웃음을 터뜨렸다.

"팀폴 광고야, 뭐야? 왜 상표를 보이게 입었어?"

"대박, 진짜야?"

애들이 앞다투어 내 목덜미를 들여다봤다. 그러고 보니 티셔츠 색이 반전되어 있었다. 급하게 나오느라 정말 뒤집어 입고 나온 것이다. 아까 문앞에서 부딪친 남자도 이걸 알아채고 웃은 것 같았다.

"에이 씨."

서둘러 창밖을 내다보니 길 건너에 미나가 보였다. 베이지색에 하늘거리는 원피스를 입은 미나는 머리카락이 많이 길어 더욱 아름다워 보였다.

"어? 미나 왔다!"

누군가 소리쳤다. 나는 얼른 화장실로 뛰었다. 화장실로 들어가자마자 옷을 다시 뒤집어 입고 나니 뒤늦게 좀 부끄러웠다. 색이 화려한 티셔츠가 아니라서 큰 차이는 안 났지만 여기까지 걸어오면서 많은 사람들이 알아보지는 않았을까 싶고, 혹시나 미나가 나보다 먼저 왔더라면 어땠을까 싶어서 아찔했다.

다시 자리로 돌아가니 내 자리에 누가 앉아 있었다. 그 맞은편에 미나가 있었다. 너무나 반가워서 눈물이 다 나올 것 같았다.

"야, 여기 내 자리……."

자리에 앉은 녀석을 툭 치니까 녀석이 돌아봤다.

"어?"

녀석의 얼굴을 보는 순간 나는 숨이 멎는 것 같았다. 나랑 똑같이 생긴 녀석이었다. 내 친구 중 하나가 아니라, 바로 나였다. 미나를 포함한 친구 무리의 시선이 나에게 쏠렸다.

"뭐야? 두리 너, 진짜 쌍둥이였냐?"

애들이 날 닮은 녀석에게 물었다. 내가 아니라 그 녀석에게.

"응. 형, 왜 왔어?"

"뭐? 형?"

녀석의 뻔뻔한 질문에 내가 황당해 하는 사이, 미나가 웃으면서 인사했다.

"그럼 말로만 듣던 그 하나 형? 왜 진작 소개 안 해 줬어?"

"아니야, 미나야. 내가 두리야."

내가 손사래를 치자 다들 와하하 웃었다.

"두리가 옷 뒤집어 입고 온 거 아까 우리가 다 봤거든."

애들 말대로 날 닮은 그 녀석은 여전히 옷을 뒤집어서 입고 있었다. 아까 내 모습만 본 친구들은 당연히 이 녀석이 나라고 믿을 수밖에.

"야, 너 잠깐 나와 봐."

"됐어. 형, 형도 온 김에 음료수 주문해서 여기 앉지 그래?"

내 모습을 꼭 닮은 녀석이 내 말을 무시하고 씩 웃었다. 다른 애들은 희희낙락거리며 미나와 수다를 떠느라 우리가 무슨 대화를 하는지 관심도 없었다. 무언가에 속는 기분이었지만 너무 황당해서 생각할 시간이 필요했다. 그래서 난 있지도 않은 나의 쌍둥이 형 하나인 척하면서 이 가짜 녀석을 지켜보기로 했다.

"참 얘들아, 우리 형, 캐나다에서 온 거 내가 말했나?"

녀석이 음료를 사 가지고 자리로 돌아온 나를 가리키며 말했다. 미나의 눈이 반짝였다.

"뭐? 너도 캐나다에서 왔어? 어디? 난 밴쿠버에 있었는데."

갑자기 생각나는 지역이 없었다. 미나가 어학연수를 간 뒤에 밴쿠버가 어디 있나 지도를 찾아본 적도 있고 검색해 본 적도 있었다. 검색한 내용을 읽어 보면서 다른 지역도 봤지만 갑자기 물어보니 기억이 안 났다.

"어. 우리 형은 토론토에 있다가 왔어. 곧 다시 갈 거고."

녀석이 대신 대답했다. 다시 간다는 말에 귀가 솔깃했다. 녀석이 다시 사라질 거라는 걸 예고하는 말 같았다.

"우리 형한테 올 때 캐나다 기념품을 사 오라고 했더니 메이플 시럽만 잔뜩 사 왔지 뭐야. 너희 알지? 그런 거 요새 마트에서 다 팔잖아. 형은 개성이라는 게 없어. 나처럼 개성이 있어야지."

녀석이 뒤집어 입은 옷을 잡아당기며 말하자 모두 웃었다. 미나가 특히 많이 웃었다. 내내 녀석에게서 눈을 떼지 못했다. 녀석은 말을 재미있게 잘해서 다른 사람을 유쾌하게 만드는 재주가 있었다. 비록 나를 이용한 농담이었지만.

"두리 네가 이렇게 웃긴 줄 여태까지 몰랐어."

"우리도 몰랐다. 오늘은 뭔가 다른 느낌인데?"

미나 말에 다른 애들도 맞장구를 쳤다. 하긴. 난 평소에 말을 많이 안 했다. 미나가 있으면 더 그랬다. 작은 말실수라도 하는 날에는 마음이 안 좋아서 온종일 입을 다물고 있었다.

확실히 나보다는 저 녀석이 나았다. 미나에게서 호감을 얻기에는. 나도 녀석처럼 옷을 뒤집어 입은 민망한 상황을 재미있는 상황으로 바꿀 재주를 갖고 싶었다. 저렇게 아무렇지도 않게 넘길 기지나 배포가 나한테는 없었다.

어쩐지 오늘은 녀석이 내 노릇을 하게 두는 게 나을 것 같았다. 어차피 녀석은 사라질 테니까.

"나 화장실 좀. 너희 나 없을 때 내 흉보면 안 된다. 아, 그래. 형이 나 대신 여기서 지켜봐 줘."

녀석이 갑자기 일어섰다. 나는 물어보고 싶은 게 있었다.

"아, 아니. 나도 같이 가자."

"그래? 얘들아, 그거 아냐? 쌍둥이는 화장실 가고 싶은 타이밍도 똑같다는 거. 아하하!"

녀석이 유쾌하게 말하더니 내 어깨에 팔을 둘렀다. 소

름이 끼쳤지만 나도 억지로 웃었다. 일단 이 녀석을 조용히 보내는 게 더 중요했다.

화장실 앞까지 가서야 나는 물었다.

"이대로 너 가 버리는 거지?"

"내가? 내가 왜?"

"사라지려고 화장실 간다 한 거 아냐? 그런데 대체 넌 누구야? 외계인? 도플갱어?"

녀석이 씩 웃었다. 기분 나쁜 웃음이었다.

"글쎄?"

녀석의 웃음을 한참 바라보고 있노라니 뭔가 불길했다. 녀석은 갈 생각이 없는 것 같았다.

"그럼…… 아까 토론토로 돌아간다고 한 말은 뭐야?"

"그거? 그건 너지."

소름이 끼쳤다. 녀석은 처음부터 나를 노리고 온 거였다. 계속 내 행세를 하며 살려고 한 것이다.

"야!"

나는 녀석에게 달려들었다. 녀석은 계속 기분 나쁜 웃음만 짓고 있었다.

"나를 돌려보내고 싶어? 그러면 한 가지 방법밖에 없어."

"뭔데?"

"다시 뒤집는 것."

뒤집는다? 나는 녀석의 뒤집힌 옷을 보았다.

고민할 시간이 없었다. 녀석이 먼저 선수를 치면 내가 사라질 수도 있었기 때문이다. 나는 녀석의 티셔츠를 붙잡았다. 녀석은 여전히 웃고 있었다. 아닌가? 거짓말을 한 건가? 녀석의 티셔츠를 잡아당기다가 뭔가 이상한 기분에 나는 동작을 멈추었다. 그리고 내 티셔츠를 잡았다. 녀석이 잠깐, 아주 잠깐 당황하는 빛을 띠었다. 맞았다. 다시 뒤집어야 하는 건 녀석의 옷이 아니라 내 옷이었다.

나는 내 옷을 다시 뒤집어서 입었다.

긴 이야기였지만 성의껏 정리했다. 남자애가 말할 때 내가 느꼈던 감정이 고스란히 담길 수 있게 노력하면서.

다음 날 10시.

"여기 있습니다."

소장은 자기 책상에 앉아 책을 읽고 있었다. 무슨 책인지는 모르겠지만 꽤나 두툼한 것이었다.

"다 읽을 때까지 잠시 기다려 주시겠습니까?"

지난번 글은 소장이 퇴근하면서 가져갔다. 이번에는 내가 있는 곳에서 읽어 볼 셈인 듯했다. 고용주로서 어떤 잔소리를 하려는 건지 신경 쓰였다.

소장은 읽던 책을 미뤄 두고 내가 제출한 A4 용지를 찬찬히 읽기 시작했다. 마치 취미로 읽는다는 듯이 느긋한 표정이었다. 소장은 내 불안을 모른 척하고 있는 느낌이었다. 나는 불안함을 떨칠 겸 자리로 돌아가 인터넷 사이트에서 검색을 했다.

도플갱어.

도플갱어에 대한 검색 결과를 막 읽으려던 참에 소장이 나를 불렀다.

"좋습니다. 저번에도 느꼈지만 글솜씨가 있군요. 시제가 통일되지 않은 부분이 있지만 그건 시간이 지나면 나아질 겁니다. 다만 너무 잘 쓰려고 노력하지 않아도 됩니다. 문장을 다듬고 고치다 보면 시간이 꽤나 걸릴 텐데, 앞으로 일이 많아질 수도 있거든요."

칭찬인지 훈계인지 헷갈리는 말이었다. 어쨌든 크게 혼난 것 같지는 않았다.

"그런데……."

소장이 내가 제출한 티셔츠를 옷걸이에 걸어 비닐로 싸며 말했다. 아주 소중한 물건이라도 되는 것처럼 조심히 다루는 모습이었다.

"이 소년은 진짜 본인이었습니까, 아니면 가짜였습니까?"

"네? 그게 무슨……?"

"아닙니다. 제가 우문을 던졌군요."

진짜? 가짜? 그제야 나는 내내 찜찜했던 이유를 알 것 같았다. 저번에 들은 다이어트 이야기가 더 괴상했지만, 이번 이야기는 이상하게도 기분이 나빴다.

남자애는 티셔츠를 뒤집어 입었다는 이야기까지만 하고 그 뒤로 어떻게 되었는지는 말하지 않았다. 나는 당연히 이 이야기를 하는 남자애가 진짜라고 생각했다. 하지만 아닐 수도 있었다. 혹시 그 가짜가 진짜 행세를 하며 자기 이야기인 양 말했던 거라면? 하지만 왜?

"이제 퇴근하십시오. 다음부터는 이쪽으로 출근했다가 바로 퇴근하시기 바랍니다. 사람을 만나는 건 꽤나 피곤한 일이거든요. 그것도 타인의 이야기는 나에게 좋지 않은 영향을 주기도 합니다. 그럼 건투를 빕니다."

소장은 내 생각을 자르듯 지시를 내렸다. 이미 오늘의 이야기는 나에게 안 좋은 영향을 준 것 같았지만.

발화자 ■■■(또는 ■■■-2)에게 받은 티셔츠
뒤집힌 채로 옷 브랜드의 로고가 가려져 있다.

AMU-056 : 뒤집힌 티셔츠

위험도 : D. 하지만 ■■■(또는 ■■■-2)에게는 S

설명 : 뒤집힌 티셔츠. 목 뒤에 붙은 라벨을 확인한 결과 ■■■■의

주력 브랜드인 ■■에서 2019년 여름에 출시된 제품으로 확인. 다만

이상한 점은 ■■ 브랜드에서는 흰색과 검은색 티셔츠만 출시했고,

회색 티셔츠는 만들지 않았다는 점이다. 정품이 아닌 가품일 가능성도

있다고 생각했지만, 재질과 사이즈, 기타 디테일한 부분 모두 제조

공장 ■■에서 만들어진 제품과 똑같은 것으로 확인되었다.

발화자 ■■■의 증언에 따르면, 실수로 티셔츠를 뒤집어 입고 나간

날, ■■■의 뒤집힌 인격인 ■■■-2가 나타났다고 한다. 그래서

■■■-2를 없앨 방법은 티셔츠를 다시 뒤집어 입는 것이라는 걸

깨닫고, 티셔츠를 뒤집어 입었다고 한다.

추가 설명 : 티셔츠 안쪽, 즉 겉부분을 확인해 본 결과 옷 브랜드

로고에서 특이한 점이 하나 발견되었다. 브랜드 ■■의 로고는 산책을

즐기고 있는 한 남자의 옆모습이다. 그런데 AMU-056의 로고 속

남자는 정면을 바라보고 있다.

4. 찰칵

"너 그게 사실이야?"

내내 시골에 있는 작업실에서 지내던 아빠가 갑자기 나타났다. 아빠는 작업이 끝나거나 엄마가 해 준 밑반찬이 떨어졌을 때 집에 나타나곤 했다. 평소에는 도통 나에게 관심이 없던 아빠가 눈을 치켜떴다.

"뭐가?"

당연히 내 말이 곱게 나가지 않았다. 아빠 얼굴이 더 험악해졌다.

"일하러 다닌다며?"

"그게 어때서? 그럼 집에서 잠만 자?"

"이 녀석 말버릇이! 학생이 공부를 해야지!"

금방이라도 때릴 것처럼 아빠 손이 올라갔다. 밖에서는 고상하고 품위 있는 예술가인 척하는 아빠였지만 집에서만큼은 본색이 드러났다. 나를 때리지는 않았지만 물건을 집어던지고 고함을 지르는 폭군이었다.

"어디 이상한 데서 일하는 거 아냐? 무슨 알바인데?"

"아, 짜증 나!"

엄마는 주방에서 달그락거리며 찌개를 끓이고 있었다. 당연히 내 아르바이트 사실을 일러바친 건 엄마일 거다. 언제나 내 편이었던 엄마가 변했다. 로봇처럼 늘 하던 집안일을 하고 있지만, 나머지 시간에는 소파에서 뉴스만 봤다. 나에 대한 관심은 전혀 없었다. 언제부터 이렇게 되었을까. 내가 학교를 그만둔 즈음부터? 아니면 그전부터?

아빠 때문에 늦어져서 달려야 했다. 미리 연락 받은 지하철역 사물함. 사물함 번호와 비밀번호는 문자 메시지로 왔다. 이번 이야기의 제보자는 익명이 보장되길 바랐다. 그래서 이런 방법을 선택한 것이었다. 사물함 안에는 쇼핑백에 담긴 카메라와 편지한 통이 있었다.

지금부터 하는 이야기는 맹세코 사실입니다.

최대한 있었던 일 그대로 아실 수 있도록 신경 써서 적었으니 믿어 주십시오.

제발 이 카메라를 가져가서 저를 도와주시길 바랍니다.

처음 CA 부서를 정할 때는 정말 귀찮았습니다. 그런 걸
왜 하는지 도저히 이해할 수가 없었거든요. 고등학교는
공부 열심히 해서 대학만 들어가면 되는 줄 알았는데, 왜
쓸데없이 시간과 열정을 낭비하는지 불만이었어요. 너무
공부만 하면 좀 그러니까 하는 거라면, 체육 시간 정도로
충분하다고 생각했습니다. 어쨌든 귀찮았어요. 공부만 하
기도 바빴으니까.

"소진아, 우리 무슨 부로 힐까?"

아리가 먼저 물었죠. 앞자리에 앉는 아리는 저랑 친했
어요. 우리는 잘 맞아서 늘 붙어 다녔습니다. 만사가 귀찮
고 불만이 많았던 저는 이렇게 말했어요.

"교실에 앉아서 하는 거. 안 돌아다니는 거 하자. NIE
같은 거?"

"혹시…… 사진부는 어때?"

"사진? 그건 야외 돌아다니는 거 아냐?"

나는 얼굴을 찌푸렸습니다. 어딜 돌아다니는 건 질색이
었으니까요. 가만히 앉아 있는 게 좋았고 아리도 그걸 알
고 있었죠. 아리는 그럴 줄 알았다는 듯이 웃었어요.

"작년에 우리 언니가 사진부였잖아. 우리 담임이 담당이었고."

"그런데?"

"우리 담임도 어디 다니는 거 싫어해. 1년 내내 교실에 앉아서 이론 수업만 하고 마지막에 각자 숙제로 찍어 온 사진으로 전시회만 했대."

"뭐? 담임은 그럴 거면 왜 사진부를 맡은 건데?"

괜히 심술이 났습니다. 담임은 게으른 아저씨 타입이라 평소에도 불만을 갖고 있었거든요. 아이들 앞에서 서슴없이 이를 쑤시고 물티슈를 꺼내서 겨드랑이 땀을 닦곤 했어요. 옆 반의 젊고 혈기 왕성한 첫 부임 교사와는 달랐어요.

"아버지가 사진관을 하신다지, 아마."

아리 말에 비로소 사진부를 맡은 이유가 납득이 됐어요. 아마 담임도 귀찮으니까 자기가 그래도 좀 아는 취미 부서를 맡은 거겠죠. 아리 말대로만 활동한다면 마음에 들었어요. 게다가 담당이 담임이면 귀찮게 교실을 옮길 필요도 없으니까요.

치열한 경쟁 없이 사진부에 들어가는 데 성공했습니다. 다들 담임 자체를 싫어하니까 딱 적당한 인원만이 지원했지요. 애들이 모두 우리 같지는 않았어요. 젊고 혈기 왕성하다는 그 옆 반 담임이 맡은 배드민턴부는 사람이 대거 몰려 가위바위보까지 했죠.

"이번 수업은 이론 수업으로 진행한다."

역시나 첫 시간부터 담임은 교실을 벗어나지 않았습니다. 나는 속으로 환호성을 질렀죠. 대충 듣는 척하면서 책을 읽거나 아리와 쪽지로 수다를 떨어야겠다고 생각하면서요. 그러나 담임은 의외의 말을 덧붙였어요.

"다음부터는 계속 출사를 나갈 거니까 카메라 준비하고."

"네? 왜요?"

나도 모르게 속말을 내뱉고 말았어요. 그것노 꽤 큰 목소리로요.

"왜라니? 사진부니까 그렇지."

담임이 심드렁한 표정으로 말했습니다. 당연한 걸 묻느냐는 듯이 대답하면서도, 작년에 내내 이론 수업만 했다며 항의가 들어왔다고 덧붙였어요. 무척 귀찮다는 듯이. 담임은 사진에 대한 열정이라곤 한 톨도 없어 보였어요. 그냥 항의가 듣기 싫어서 출사를 결정한 거죠.

어쨌든 귀찮게 되어 버렸어요.

저도 머리를 쓰다가 이렇게 되어 버린 거지만, 아리가 원망스러웠어요. 아리가 자기 언니 얘기만 하지 않았어도 그냥 교실에서 할 수 있는 무난한 다른 부서를 선택했을 거예요.

"소진아, 카메라 있어?"

아리가 눈치를 보면서 물었어요.

"아, 몰라. 아빠가 나 막 쓰라고 준 옛날 카메라 있긴 한데."

내 말투가 살갑게 나가지 않았어요. 아리가 제 눈치를 더 봤지만 당시에는 상관없었어요.

담임이 사진 이론 책을 줄줄 읽고 있을 때, 뒷문이 열렸습니다. 핏기 없고 키 작은 여자애가 들어오자, 아이들 시선이 쏠렸죠.

"걔다."

아리가 새로운 화제가 나타난 게 반갑다는 듯이 속삭였어요.

"걔?"

"옆 반 애. 걔, 저주 인형."

그제야 저는 그 애를 알아봤어요. 왜소한 그 여자애는 늘 어두운 표정을 한 채 긴 머리로 얼굴을 다 가리고 다니는 옆 반 애였어요. 반에서 왕따라는 소문이 파다했는데, 딱히 괴롭히거나 건드리는 건 아니었지만 애들이 투명인간처럼 취급했어요. 아무도 말을 걸지 않고, 아무도 마주 보지 않고. 대화를 나누면 재수 없는 일이 생긴다고 해서 다들 저주 인형이라고 불렀죠.

그런데 그 애 뒤로 누군가가 따라서 들어왔어요.

"늦어서 죄송합니다! 저희 둘이 심부름 갔다가 오느라고요! 이 앞에서 교감 선생님을 만났거든요."

목소리가 큰 그 애는 한 번도 못 본 애였어요. 누군가 옆 반에 전학 온 애라고 했어요. 키 크고 눈, 코, 입이 시원시원하게 컸죠. 그 애는 스스럼없이 저주 인형의 어깨에 손을 올렸어요. 한없이 밝은 그 애와 저주 인형. 둘은 꼭 빛과 그림자 같았어요.

다음 출사는 운동장에서 이루어졌습니다. 모두가 사진 찍는 소리로 운동장이 가득 찼어요. 운동장 한쪽에서 배드민턴부가 나와 수업하는 게 보였죠. 그 젊은 선생님은 바람이 불 때 어떻게 쳐야 하는지를 열심히 설명하더니 이내 미세 먼지 수치가 높아 공기가 안 좋다며 아이들을 이끌고 체육관으로 들어가 버렸어요.

"아, 부럽다. 우리 담임은 뭐야?"

아리 말에 담임을 찾아보니 담임이 운동장 한쪽 구석 벤치에 앉아 스마트폰을 들여다보고 있는 게 보였어요.

"아유, 사진이나 찍자."

우리는 다른 애들이 화단의 꽃이나 나무 같은 풍경을 찍느라 몰려 있는 곳을 피해 구석 그늘진 곳으로 갔어요.

"어? 저기 찍고 싶어."

아리는 갑자기 열정이 생겼는지 건물 사이의 좁은 틈을 비집고 안쪽으로 들어갔어요. 나는 귀찮아서 그 앞에서 기다렸고요. 그런데 누군가 이쪽으로 오는 게 보였어요. 저주 인형하고 전학생이었죠. 도대체 나는 왜 그랬을까요? 마주치기 싫다는 생각이었던 것 같아요. 저도 모르게 좁은 틈으로 들어가 몸을 숨겼어요.

"진짜야?"

전학생 목소리가 워낙 커서 제가 있는 곳까지 들렸어요. 저주 인형의 말은 작게 웅얼거려서 들리지 않았고요.

"진짜? 사진을 찍으면 그 사람이 사라진다고? 와, 신기하다."

찍으면 사라진다고? 저는 호기심에 귀를 기울이게 됐어요.

"그럼 카메라 주인은? 찍은 사람도 저주를 받는 거야?"

저주 인형의 대답을 듣고 싶었지만 웅얼대는 소리만 들릴 뿐 뭐라고 하는지 알아들을 수가 없었어요. 전학생 목소리가 커서 다행이었어요.

"와, 그러면 그 카메라 계속 가지고 있어야겠다. 마음에 안 드는 사람들을 다 가둬 버리면 좋잖아. 뭐? 맞아. 죄책감은 어마어마하겠지. 그래도 진짜 싫은 사람이 있다면……. 나 한 번만 만져 보면 안 돼?"

"안 된다고! 건드릴 생각도 하지 마."

갑자기 저주 인형이 버럭 소리를 질렀어요. 그 애 목소리를 제대로 들은 건 처음이었어요.

"뭐야, 내가 뭘 어떻게 했다고 난리야. 누가 그따위 말을 진짜 믿을 줄 알아? 너 설마 내가 진짜 그런 말도 안 되는 거짓말을 믿는다고 생각한 거야? 불쌍해서 친구나 해 줄까 했더니, 재수 없게."

전학생 말투가 확 바뀌더니 요란한 소리가 이어졌어요. 몸싸움을 하는 듯했죠. 나는 아리가 안 좋은 순간에 나올까 봐 심장이 두근두근했어요. 하지만 다행히 금세 조용해졌습니다.

"거봐. 네가 사라지기는커녕 아무 일도 없잖아. 내가 지금 분명히 너 찍었거든."

전학생이 기세등등한 목소리로 말했습니다. 그 카메라를 빼앗아 저주 인형을 찍은 것 같았어요. 그런데, 갑자기 누군가 웃는 소리가 들렸어요. 처음에는 제3의 인물이 왔나 했지만 그건 저주 인형이 웃는 소리였어요. 평소 웅얼거리던 소리도, 아까 버럭 소리를 지르던 그 목소리도 아니었어요.

"왜? 왜 그래? 무섭게."

전학생이 주눅 든 목소리로 말했지만 저주 인형은 웃음소리를 그치지 않았습니다. 그렇게 한참 웃더니, 저주 인형이 말했어요.

"무섭긴. 뭐가 무섭니? 날 꺼내 준 은인한테 내가 무슨 짓이라도 할까 봐?"

"뭐?"

"가자. 사진 찍어야지. 여긴 너무 칙칙해. 난 밝고 넓은 곳이 좋아."

저주 인형이 딴사람이라도 된 것처럼 말했습니다. 마치 원래의 저주 인형이 사라지고 완벽히 다른 영혼이 들어간 것 같았어요. 나는 팔에 소름이 돋았어요.

"카메라는? 안 가져가?"

"그건 이제 됐어. 난 이 모습이 더 좋거든."

카메라를 던졌는지 뭔가 부서지는 소리가 났어요. 조금 뒤 제가 조심스럽게 나가 보니 아무도 없었지요. 그런데 부서져 뒹굴고 있을 줄 알았던 카메라도 없었어요.

"소진아, 많이 기다렸지?"

조금 뒤 아리가 나왔습니다. 아리는 벽에 붙은 담쟁이나 쓰레기 따위를 많이 찍었다고 자랑하며 카메라를 흔들었어요.

"나 여기 싫어. 운동장으로 가자."

저는 왜 이리 늦게 나왔냐고 구박하는 대신에 아리를 잡아끌었죠. 그런데 누군가 우리 앞을 가로막았어요.

"저기, 학생들. 이거 학생들 거 아닌가요?"

어떤 아저씨였어요. 아저씨는 웬 카메라를 들고 있었어요. 어디서나 살 수 있는 아주 평범한 검은색 카메라였지만 한쪽 모서리가 약간 떨어져 나가고 흙이 묻어 있는 걸 보니 저주 인형이 던진 그 카메라 같았어요.

"소진이 네 건가? 아니지? 아저씨, 그거 저희 카메라 아니에요."

아리가 대답하며 그냥 지나가려고 했습니다. 그런데 이상한 일이죠? 저는 그럴 수가 없었어요. 그 카메라가 어떤 카메라인지 알면서도, 아니 알고 있어서인지 그냥 지나쳐 버릴 수가 없었어요.

"아니에요. 제 거예요."

저는 아리가 이상한 눈으로 보는데도 얼른 카메라를 받았어요. 그리고 서둘러 신발주머니를 둔 운동장으로 나왔어요.

"너 똑같은 카메라가 두 개였어?"

아리가 물었지만 저는 신발주머니에 얼른 그 카메라를

넣었습니다. 모서리가 깨진 것만 빼면 다행히 제 카메라와 거의 같은 모양이었거든요. 아리는 미심쩍은 얼굴로 자꾸 저를 봤지만 더 묻지는 않았어요.

그날의 일이 착각이거나 잘못 들은 거라고 생각하려 해도 너무나 이상했습니다. 그날부터 확실히 저주 인형이 달라졌으니까요. 저주 인형과 전학생은 여전히 단짝처럼 붙어 다녔는데 전과는 분위기가 달라져 있었어요. 늘 활발하던 전학생은 이유 없이 기가 죽어 주눅 들어 있었지요. 옆 반 친구 말에 따르면 반에서 뭔가를 결정할 때도 저주 인형이 적극적으로 나서서 주도한다고 했어요. 전에 우리 모두가 알던 저주 인형은 사라져 버린 거죠.

저는 가끔 책상 밑에 숨겨 놓은 저주의 카메라를 꺼내 보긴 했지만, 그걸 사용할 생각은 하지 않았습니다. 이상한 물건이라는 걸 100퍼센트 믿진 않았지만, 남이 버린 물건을 함부로 가져온 게 마음에 걸렸거든요. 게다가 그날 이후로 아리가 저를 의심한다고 해야 할까요? 자꾸만 카메라를 왜 가져왔는지 궁금해하는 것 같아서 괴로웠습니다.

그다음 주 CA 활동 시간에는 길 건너 공원으로 출사를 나갔습니다. 이미 아리와 저는 묘하게 서먹해져 있었지요. 전에는 제가 무슨 말을 하든 아리는 공주를 모시는 시녀처럼 따르기만 했어요. 하지만 그날 이후 아리는 때때로 제 말을 따르지 않았어요. 전과 달리 제 농담을 받아치기도 했죠. 저는 저도 모르게 점점 눈치를 보게 되었어요. 어쩐지 그날 일 때문 같았어요.

"우리 따로 찍자."

결국 제가 의견을 냈어요. 순간 아리는 저를 잠시 바라봤지만 고개를 끄덕였어요.

"그래."

이내 저와 멀찌감치 떨어져 사진을 찍더니 아리는 먼 곳으로 가 버렸습니다. 저주의 카메라를 제가 훔쳤다고 생각하는 게 분명했어요. 그게 아니라면 왜 저러겠어요?

"어이."

한참 아리를 노려보고 있는데 누군가 저를 불렀어요. 뜻밖에도 저주 인형이었죠. 저주 인형은 카메라의 주인이긴 했지만 제가 가져간 걸 전혀 모를 텐데 말이에요. 그 애와 저는 접점이 없기 때문에 말을 건 게 더 이상했어요.

"그걸 써. 그러면 그 애는 모든 걸 잊어버릴 테니까."

"잊어버려?"

나도 모르게 말하고 나서야, 저는 카메라에 대해 인정해 버렸다는 걸 깨달았죠. 조금 떨어진 곳에서 전학생이 안절부절못하며 이쪽을 보고 있었어요.

"뒤집힐 거야. 반대편 자아가 나오는 거지. 지금과 아예 다른 사람. 나처럼."

저주 인형이 낄낄대며 웃었어요.

반대편 자아? 뒤집힌다? 그러면 잊어버린다? 궁금한 게 많았지만 물어볼 수가 없었어요.

망설이는 사이 저주 인형은 전학생을 이끌고 저 멀리 가 버렸어요.

"다 찍었어?"

아리가 돌아올 때까지 저는 사진 한 장 찍지 못했어요. 아리는 공원 여기저기를 찍은 사진을 보여 주었죠. 하지만 저는 그 시간 동안 마음이 지옥같았어요. 변한 아리, 그리고 그 이유가 저를 괴롭혔습니다. 게다가 저주 인형의 말까지. 그런데 정작 아리는 아무렇지도 않아 보였어요. 제가 사진을 한 장도 못 찍었다고 말하니까 웃지 뭐예요. 가장 친한 단짝 친구라고 생각했던 아리가 나를 비웃다니. 정말 속상해서 당장 집으로 가 버리고 싶었어요.

그 한 주는 정말 괴로운 시간이었습니다. 아리에게 말을 걸기가 힘들었어요. 아리는 용건이 있는지 제 자리에 왔다가도, 무슨 말을 하려다 말곤 했죠. 다른 애들과 웃고 떠드는 것도 봤어요. 저에 대한 이야기를 하면서 비웃고 있는 거 아닐까요? 도대체 왜 그러는 걸까요? 차라리 그 카메라에 대해서 묻기라도 한다면 속 편할 텐데.

세 번째 출사는 학교 뒤 아파트에 있는 놀이터였습니다. 멀리 가기가 귀찮았던 담임은 좁은 공간에서 얼마나 다양한 사진 작품이 나오는지 실험해 보고 싶다는 그럴싸한 이유를 댔어요. 저는 멀리 흩어지지 못하고 아리와 가까이 있어야 한다는 게 불편해 담임을 원망했죠. 아리도 역시 같은 마음이었을 텐데 제 곁에 붙어 있었어요. 겉과 달리 속으로는 아주 불만이 많을 걸 생각하니 저도 점점 화가 났어요. 아리가 너무 답답하고 미웠어요. 왜 곁에 붙어서 저를 괴롭히는지, 계속 불편한 마음이 들게 하는지. 아리만 없다면 제가 그 카메라를 가져간 걸 아무도 모를 텐데 말이죠.

"여기서 도대체 뭘 찍으라는 거지? 담임도 참 너무해."

아리가 짐짓 아무렇지도 않은 척 말했어요. 속으로는 절 한심하게 생각하면서 괜히 담임 탓을 하고 있는 거겠죠? 그때 어디선가 작은 목소리가 들렸어요.

"도둑년."

"뭐라고? 너 지금 뭐라고 했어?"

저는 아리를 노려봤어요. 가까이에 아리밖에 없었으니까요. 하지만 아리는 시치미를 뗐습니다. 음흉하게요.

"담임이 너무했다고 그랬어. 왜?"

"그 말 말고. 나한테 뭐라고 한 거 말이야!"

저는 정말 화가 났어요. 여태까지 아리 때문에 쌓였던 스트레스가 폭발하는 것 같았어요. 아리는 당황하는 척했어요. 그때 제 카메라가 눈에 들어왔어요. 아니, 제 카메라가 아니라 귀퉁이가 떨어져 나간 그 저주의 카메라였지요. 비슷하게 생긴 카메라라 잘못 가져온 것 같았어요. 더 생각할 겨를도 없이 저는 카메라를 들었어요. 저주 인형이 한 말이 떠올랐죠. 반대편의 자아, 전혀 다른 사람, 잊어버린다.

다른 아리.

"꺼져. 사라져 버려!"

찰칵.

카메라 셔터 소리가 경쾌했어요. 동시에 정신이 번쩍 들었죠.

"……아, 아리야…….'"

아리는 고개를 푹 숙이고 있었습니다. 전과 달리 아무 표정도 없었어요. 그때 마침 저주 인형과 전학생이 보였어요. 얼른 저주 인형에게 달려가 도움을 청해야겠다는 생각이 들었지만, 그렇게 되면 제가 카메라를 가져간 걸 자백하는 꼴이 되니까 망설여졌어요.

"낄끼기끼끼끼!"

저주 인형이 이쪽을 바라보며 웃음을 터뜨렸어요. 낡고 녹슨 자전거가 내는 소리처럼 끽끽거리는 괴이한 웃음이었지요. 저주 인형은 정확히 저를 손가락질하고 있었어요.

"아리야, 너…… 괜찮아?"

내 말에 아리는 문득 정신이 든 듯 저를 빤히 바라봤어요. 그러더니 입을 열었어요.

"날 깨운 게…… 너야?"

다시 한 번 말하지만 이 이야기는 정말 사실입니다. 일주일 전 이야기이고 몇 번이나 고민한 끝에 인터넷에서 찾은 당신께 이 편지를 보냅니다. 사연과 물건만 있으면 기이한 일을 해결해 줄 수 있다고 하셨지요? 제발 부탁드립니다.

아리는 다른 사람이 되어 버렸습니다. 더 정확히 말하자면 그 애는 지금 아리가 아니에요. 새로운 아리는 새로운 저주 인형이 그렇듯, 아리와 정반대로 다른 사람이에요. 그 애는 비밀을 아는 저를 협박하고 심리적으로 지배하며 구속합니다. 제 말에 공감해 주기는커녕 못된 짓만 골라 하며 저를 괴롭힙니다. 전학생 역시 저주 인형에게 그런 대우를 받고 있겠지요. 뒤늦게 저는 깨달았어요. 지금의 아리를 보고 있노라면 원래의 아리가 얼마나 좋은 친구였는지, 아리가 저를 무시한다고 생각하고 그 마음을 의심한 것이 모두 허상이었던걸요. 이제 와서 생각해 보니 신경질적이고 예민하게 군 것은 바로 저였어요. 그동안의 증오심은 아리를 향한 게 아니라 저 자신의 죄책감 때문이었습니다.

　원래의 아리를 돌려주세요. 저는 바보입니다. 그리고 겁쟁이지요. 이렇게 카메라를 전달하고 이야기를 하는 것도 겁나지만, 다른 방법이 없기에 이렇게 간절히 편지를 씁니다.

– 간절한 마음으로 소진 드림 –

　추신. 참고로 저와 친구의 이름은 가명입니다.
　이렇게밖에 할 수 없는 저를 이해해 주시길 바랍니다.

　나는 편지와 카메라를 소장에게 전달했다. 소장은 소중한 물건이라도 되는 듯 황홀한 표정으로 카메라를 조심스레 만지작거렸다. 귀퉁이만 떨어져 나갔을 뿐, 지극히도 평범한 검은색 카메라. 정말 사람의 자아를 다른 자아로 뒤집고 사라지게 만드는 카메라가 존재할까? 지금까지의 이야기들은 하나같이 믿기 어려운 것뿐이었다. 누가 장난이라도 치고 있는 것처럼.
　"소장님…… 그런데 이 이야기들이 과연 진짜일까요?"
　"그런 건 알 필요 없습니다."
　어렵게 한 질문인데 소장은 칼같이 잘라 냈다. 소장은 책상에 앉아 내 얼굴을 바라봤다. 평소에 짓던 인자한 표정은 찾아볼 수 없을 정도로 싸늘한 얼굴이었다.

AMU-071을 찍은 사진.
한쪽 모서리가 떨어져 나갔지만 작동에는 문제가 없어 보인다.

AMU-071 : 찍으면 사라지는 카메라

위험도 : S (가장 높은 위험도)

설명 : 유명 브랜드인 ■■■■의 로고가 있는 필름 카메라. 시리얼

번호를 확인해 보니 2004년 7월에 생산된 것으로 나온다. 하지만

■■■■ 브랜드에서는 1999년 12월에 공식적으로 필름 카메라

생산을 중단했다고 발표했다.

카메라 속 필름은 총 24컷 중 8컷을 찍어서 16컷이 남아 있다.

필름을 꺼내는 부분은 녹이 슬었는지 꿈쩍도 하지 않았다.

발화자 ■■■의 증언에 따르면, 사진에 찍히는 사람의 반대편

자아를 꺼내는 능력이 있다고 한다.

AMU-056(뒤집힌 티셔츠)와의 차이가 있다면, AMU-056은 발화자가

스스로 변하기를 원했을 때 스위치가 켜졌다면, AMU-071은

사진에 찍히는 대상의 자아를 강제로 뒤집어 버린다는 것이다.

추가 실험 :

■■■■년 ■월 ■일 ■■시경.

방거리를 헤매던 고양이 발견.

사람의 손길을 그리워하는 듯 고양이용 간식을 내밀자 달려왔다.

하지만 고양이가 간식을 먹는 사이 사진을 찍자 곧바로 돌변하여

실험자를 향해 적대적 신호를 보냈다.

재차 사진을 찍자 순간 혼란스러워하는 듯 보이더니 원래대로

실험자에게 애교를 부렸다.

5. 바랑골

드디어 꿈을 이루었다. 신노시 아파트로 이사를 가게 된 것이다.

"맹모삼천지교도 아니고, 내가 너 때문에 이사를 다 간 다."

엄마는 투덜거리면서도 내심 좋은 모양이었다. 짐을 정리하고 싸는데도 하나도 안 힘들다고 하는 것 보면. 애초부터 나는 지금 사는 동네에 어울리지 않는 애였다. 오래된 아파트와 상가 건물들이 싫은 건 아니었다. 그저 여기 아이들과 어울리기가 힘들었다. 이 동네 애들은 에너지가 넘쳐 나는 아이들이었다. 밤새 놀고도 다음 날 또 모여 놀곤 했다. 공부에 욕심이 있었던 나는 그것만으로도 벅차고 힘들어서 도저히 그 애들과 놀 수 없었다.

그래서 신도시로 이사를 가고 싶었다. 나처럼 공부에 집중하는 애들이 많다는 점도 좋았고, 쓸데없이 교우 관계에 신경 쓸 필요도 없을 것 같았다. 여기 아이들은 내가 번번이 거절해도 다시 놀자며 불러내는 걸 의리로 여겼다.

하지만 부모님은 이사가 불가능하다고 했다. 신도시의 비싼 새 아파트로 갈 돈이 없어서였다. 그래서 나는 할머니에게 말했다. 전교 3등 안에만 들면 당장 학군 좋은 아파트로 이사 갈 수 있게 도와 달라고. 구두쇠지만 자산가였던 할머니는 어쩐 일인지 선뜻 약속을 했다. 엄마는 당돌하고 무례했다며 나를 나무랐지만 내가 정말 전교 3등 안에 들자 누구보다 기뻐했다.

할머니는 내가 그렇게 공부를 잘하는지 몰랐던 모양이었다. 여자는 공부를 많이 할 필요도 없고 잘 못하기 마련이라며 반에서 중간도 못 하는 사촌 오빠에게만 학원비를 지원해 주던 할머니였다. 하지만 내 성적이 나오자 할머니는 미안하다고 사과까지 했다. 내가 할머니의 가치관까지 바꿔 버린 것이다.

어쨌든 내가 용기를 낸 덕분에 우리 가족은 이사를 하게 되었다. 우리가 원래 살던 곳은 구도시라고 불렸다. 아파트도 오래되고 낡았지만 어른들이 말하는 학군이라는 것도 안 좋았다. 우리 학교 아이들은 학원을 많이 다니고 열심히 공부하면 모범생이라고 놀렸다.

신도시의 학군 좋다는 아파트는 달랐다. 애들이 너도나도 다 열심히, 그리고 치열하게 공부했다. 학교 주변에는 성적을 잘 올려 준다는 유명 학원이 많았다. 나도 그런 분위기 속에 있고 싶었다. 여기서는 아무리 1등을 해도 만족스럽지가 않았다.

마침내 이사를 가고 전학을 했다. 처음 한동안 나는 다른 애들이 어느 학원을 다니고 어느 문제집을 푸는지 귀를 기울였다. 소용히 나른 애들을 관찰한 것이다. 모두 경쟁자였으니 비결을 알아내고 나를 노출하지 않으려 했다. 하지만 전학을 한 뒤 치른 첫 시험 결과는 절망적이었다. 반에서 5등밖에 못 했다. 누가 부정행위를 한 것도 아닌데 분하고 억울했다. 역시 먼저 살던 곳에서 아무리 1등을 했다 해도 여기 있는 애들을 따라갈 수 없었던 것이다.

당장 나는 우리 반 1등이 다니는 학원을 등록했다. 자습실을 이용할 수 있어서 그곳에서 밤늦게까지 남아 있기도 했다. 하지만 성적을 따라잡는 건 좀처럼 쉬운 일이 아니었다. 나는 실력에 비해 노력을 많이 하는 노력파였지만 이곳 상위권 애들은 머리도 좋고 노력도 많이 하는 것 같았다.

"하아."

성적을 위해서 조바심을 내며 이사까지 요구했는데, 막상 부딪혀 보니 쉽지 않았다. 자습실에 앉아도 도저히 문제집이 머리에 들어오지 않고 걱정만 됐다. 든든한 후원자가 되어 주기로 한 할머니가 실망할 걸 생각하면 가슴이 답답했다. 전학하고 첫 시험은 적응이 덜 되어 그렇다는 핑계라도 댈 수 있었지만 다음 시험에서는 꼭 성적을 끌어올려야 했다.

스트레스를 받아서인지 머리가 아프고 피곤했다. 나는 가방을 챙겨 일어났다. 집으로 가는 발걸음이 무겁기만 했다.

새 아파트라 깨끗한 만큼 아파트 단지도 깔끔하고 편리하게 되어 있었다. 산책로를 따라 아파트 단지를 돌면서 머리를 좀 식히기로 했다. 아파트 뒤편의 좁은 오솔길을 걷는데 문득 멀리 큰길 너머에 불빛이 보였다. 내가 전에 살던 동네에 야시장이 선 것 같았다. 늘 시끌시끌하던 그곳과 잘 어울리는 이벤트였다.

중요한 공부를 하는 나는 이렇게 기운이 없고 피곤한데, 저 애들은 늘 쓸데없는 일에 에너지를 낭비했다. 놀기만 할 거면 그 에너지를 차라리 나에게 주면 좋을 텐데.

그때 가로등 밑에 누가 서 있는 게 보였다.

아무도 없었고 밤이 늦은 시각이라 섬뜩한 기분이 들었다. 서둘러 큰길 쪽으로 나가기 위해 돌아서는데, 부드러운 목소리가 나를 잡아끌었다.

"이 길은 바람이 많이 불어요. 자칫 감기에 걸릴 수 있으니 오지 않는 게 좋겠어요."

"네?"

가로등 아래 있던 남자가 살짝 웃었다. 어두워서 얼굴은 보이지 않았지만 기분 나쁜 웃음이 아니었다. 방금 전 목소리도 진심으로 나를 걱정하는 말투였다.

"학생이 감기에 설리년 학업에 지장이 있지 않겠어요? 조심하라는 염려입니다."

내가 뭐라고 대답할 새도 없이 남자는 가 버렸다. 수상한 사람이라고 생각한 게 미안해질 정도로 친절한 사람이었다. 그리고 보니 바람이 불고 있었다. 앞뒤가 건물과 담벼락으로 막혀 있어서 좁은 샛길로 바람이 들어오면 그 힘이 제법 세졌다. 오늘은 바람이 부는 날씨가 아닌데도 남자의 말처럼 이 길만은 바람이 많이 불었다.

"바람골이네……."

나는 중얼거리며 서둘러 오솔길을 벗어났다. 남자의 말대로 감기라도 걸리면 큰일이었다.

그날 이후 공부를 하다가 속이 답답하고 머리를 식히고 싶으면 나는 바람골을 찾았다. 잠깐이라도 바람을 맞고 들어가면 이상하게도 기운이 솟고 공부가 더 잘되었다. 전에는 공부를 하면 할수록 왜 더 잘하지 못하는지 자책만 들고 스트레스가 쌓였는데, 이제는 그런 게 없었다. 전혀 피곤하지 않았다.

드디어 다음 시험을 보았고 결과가 나왔다. 놀랍게도 나는 1등을 차지했다. 전교에서는 5등을 했다. 전에 다니던 학교보다 학업 성취도 수준이 높은 학교라는 걸 감안하면 엄청난 결과였다. 기뻤다. 졸업을 할 때까지 이 성적을 유지하기만 한다면 좋은 대학교에 합격하는 건 문제도 아니었다. 게다가 체력도 좋아진 것 같았다. 요즘에는 잠을 4시간만 자는데도 전혀 피곤하지 않았다.

이게 다 바람골 덕분이라는 생각이 들어 집에 가자마자 가방만 내려놓고 바람골로 달려갔다. 전보다 더 센 바람이 내 쪽으로 불어왔다. 그러고 보니 바람은 언제나 어제보다 더 센 듯했다. 문득, 나는 바람이 어디서부터 불어오는지 궁금해졌다. 바람이 부는 방향은 늘 같았다. 저 길 끝 어딘가. 난 제자리에 서서 바람을 온몸으로 맞기만 했지 길 끝까지 가 본 적은 없었다.

저만치 웬 바람개비가 하나 떨어져 있었다. 바람개비를

들고 바람의 길목에 들어서자 바람개비가 빙글빙글 돌아갔다.

아파트 뒤 담벼락까지 가서야 나는 보고 말았다. 바람이 일으킨 자연의 변화는 마치 작은 소용돌이처럼 지나온 길을 내보였다. 가로수들과 길 건너 공원의 나무들은 바람이 지나가는 길을 따라 기묘하게 휘어 있었다. 바람 길은 큰 찻길을 건너 멀리 보이는 구도시까지 뻗어 있었다.

"하."

나는 홀린 듯 그 길을 따라 걸어 나갔다. 아파트 단지를 벗어나 길을 건넌 뒤, 공원을 지나 8차선이나 되는 도로 앞에 다다르고 나서야 멈추었다. 여기까지 오고 나니 바람 길은 보이지 않았다. 어디로 더 가야 하는지 알 수가 없었다. 바람이 좀 잦아든 것 같았다.

바람 길이라 생각했던 것은 나의 착각이었나 싶어 허무해졌다.

바람개비가 다시 미친 듯 돌아간 건 집으로 가려고 뒤돌아섰을 때였다. 바람이 다시 시작되고 있었다. 나는 바람개비를 길잡이 삼아 앞으로 나아갔다. 큰길을 건너면 소위 구도시로 불리는, 내가 전에 살던 동네가 나온다.

걷고 걷고 또 걸었다. 정말 뭔가에 홀린 것만 같았다. 바람개비는 돌지 않다가도 내가 걸음을 멈출 때면 다시

돌았고, 그걸 보면 난 다시 걸어야만 했다. 내 마음속 누군가가 그렇게 하라고 시키고 있었다.

마침내 전에 살던 아파트까지 와 버렸다. 갑자기 가슴이 뭉클했다. 마치 고향에 온 느낌이라고 해야 하나? 전에는 그렇게 싫었던 시끌벅적함이 그리웠던 모양이었다. 지금 사는 동네의 아이들은 낮엔 모두 학원에 있었고 놀이터에서 노는 아이들은 거의 없었다. 그래서 아파트 단지가 늘 고요했다. 내가 시끄럽고 활기참을 그리워하다니, 별일이었다.

그런데 아파트 단지에 들어서자 이상한 기분이 들었다. 언제나 시끄럽던 이곳이 고요했다. 아파트 놀이터를 가득 채우던 어린아이들도, 벤치에 삼삼오오 모여서 수다를 떨던 중, 고등학생 아이들도 보이지 않았다. 간혹 보이는 아이들도 모두 힘없이 축 늘어져 있는 모습이었다. 내가 떠나고 몇 개월 사이에 뭔가 분위기가 바뀐 것 같았다.

마침 아파트 정문 앞 한별 마트에서 같은 반이던 민정이가 나오는 게 보였다. 민정이는 반 분위기를 주도하는 아이였다. 비록 공부는 못했지만 재주가 많아서 노래면 노래 춤이면 춤 뭐든지 잘하고 말도 재미있게 잘했다. 그래서 아이들 사이에서 인기가 많았다. 우리 반 아이들이 마음에 안 들던 나조차도 민정이는 좋아했다. 민정이는 상대방까지 밝고 즐겁게 만드는 재능이 있는 애였다.

반가운 마음에 손을 번쩍 들고 인사를 하며 달려가다가 멈칫했다. 그 아이에게서 뭔가가 쑥 빠져나가는 게 보였기 때문이다. 처음에는 머리카락이 바람에 휘날리는 줄 알았다. 그러나 잿빛 연기 같은 것이 민정이의 머리에서부터 빠져나오더니 하늘로 솟았다가 내 쪽으로 훅 날아왔다.

"악!"

나도 모르게 고개를 숙여 피했다. 천천히 고개를 들자, 잿빛 연기가 내 손에 들린 바람개비로 흡수되는 것이 보였다. 멈춰 있던 바람개비는 연료라도 공급된 것처럼 미친 듯이 돌아가기 시작했다. 뒤늦게 민정이가 생각나 마트 앞을 바라봤다. 민정이는 비틀대면서 어디론가 걸어가고 있었다.

"민정아!"

민정이가 괜찮을지 걱정이 됐다. 잿빛 연기가 민정이에게서 빠져나가는 순간, 민정이 얼굴이 잊히지 않았다. 마치 뭉크의 〈절규〉 그림처럼 화들짝 놀란 얼굴이 꼭 귀신 같았다.

"응?"

내 목소리를 들은 민정이가 천천히 돌아보았다. 나는

너무나 놀라 손으로 입을 틀어막았다. 민정이 얼굴은 여전히 하얗게 질려 있었다. 통통했던 양쪽 볼은 움푹 들어가 광대뼈가 도드라져 마치 해골 같았다. 아까 한별 마트에서 막 나오던 민정이 얼굴은 이렇게까지 어둡지 않았는데.

"너…… 어디 아파?"

"어……. 너 진짜 오랜만이네……."

민정이가 힘없이 말했다.

"왜 이렇게…… 기운이 없는지…… 모르겠어……."

민정이는 내 질문에 겨우 답하고 다시 걸어갔다. 금방이라도 쓰러질 것만 같았다. 나는 바람개비와 민정이를 번갈아 바라보았다. 민정이의 기운을 꼭 이 바람개비가 빼앗아 먹은 것 같았다.

"설마……."

이상한 생각이 들었다. 내가 생각해도 괴이한 상상이었다. 마침 저 멀리 유아차를 몰고 나오는 아기 엄마가 보였다. 내가 바라보자, 유아차와 아기 엄마 머리에서 또 연기 같은 게 쑥 빠져나왔다. 동시에 유아차에 탄 아기가 칭얼대기 시작했다. 그 연기는 바람이 되어 또 바람개비로 스며들었다.

진짜 이상한 일이었다. 마치 그들의 기운을 내 바람개

비가 빨아들였다는 섬뜩한 생각이 자꾸만 들었다. 시험 삼아 바람개비를 내 쪽으로 돌리자 시원하고 상쾌한 바람이 나에게 훅 불어왔다. 몸이 부쩍 가벼워지고 머리가 맑아졌다. 아파트 단지 안 바람골에서 바람을 맞을 때마다 느꼈던 그 기분이었다.

내가 살던 시절보다 음침해진 동네. 활기차던 아이들은 모두 기운 없는 좀비처럼 보였다. 그리고 이들에게서 나온 연기가 바람 길을 따라 곧장 우리 아파트의 바람골로 향하고 있었다. 정확히 말하자면, 이 바람개비를 통해서.

설마, 이들의 에너지를 바람골의 바람개비가 도둑질하고 있었던 건가? 그렇다면 내가 바람골에서 맞던 건…….

갑자기 구역질이 났다. 다른 사람의 기운을 먹고 공부를 했다는 미안함 때문이 아니었다. 모든 사실을 알고도 그들의 에너지에 여전히 욕심을 내고 있는 나 자신 때문이었다. 활기찬 이 아파트의 기운이 그리웠던 건 사실이었다. 지쳐 있던 나는 그런 에너지가 필요했다. 하지만 내가 이런 행위를 계속하면 결국 나의 예전 친구들과 이웃들은 어떻게 변할지 몰랐다.

나는 바람개비를 품에 넣었다. 그리고 빠른 걸음으로 그곳을 빠져나왔다.

오늘 만난 아이와의 대화 내용을 글로 정리하다가 문득 이야기에 나온 동네가 어딘지 알 것 같다는 생각이 들었다. 아파트 이름을 말하진 않았지만 신도시와 구도시. 그 사이의 공원과 큰 길 등이 내가 전에 살아서 아는 동네 같았다.

한별 마트로 검색하니 여러 가게 중 한 군데가 정말 내가 아는 동네의 아파트 단지 안에 있었다.

가 보고 싶었다. 상대는 비밀로 하고 싶었을 텐데 굳이 나서서 가야겠느냐는 생각도 들었지만 내 마음은 호기심으로 일렁였다.

그 아이가 건넨 상자 안에는 에어 캡으로 싸인 바람개비가 있었다. 빨간색과 주황색, 노랑색으로 알록달록한 플라스틱 날개의 바람개비. 원래대로라면 내일 상자 그대로를 들고 아무 사무소로 출근해서 소장에게 넘겨야 했다. 하지만 내 호기심은 점점 거대해져 갔다.

확인을 해 봐야 하지 않을까? 사실인지 거짓인지도 중요하지 않을까? 만약 대충 지어낸 거짓말이라면? 소장에게 거짓 보고를 할 수는 없었다. 나는 애써 합리화했다.

"엄마, 나 나간다."

엄마는 여전히 나에게 아무 관심도 없었다. 소파에 앉아 멍하니 텔레비전 뉴스를 보고 있었다. 뉴스에서는 내 또래 여자 고등학생이 실종되었다는 소식이 나오고 있었다.

"자기 딸이 집을 나가거나 말거나, 남의 딸이 실종된 게 더 중요한가 보지?"

내가 비아냥거렸지만 그래도 엄마는 꿈쩍을 안 했다.

나는 곧바로 버스를 타고 그 동네로 갔다. 바람개비는 조심스레 에코백 안에 넣었다. 한별 마트가 존재하는 걸 확인한 뒤 아파트 단지를 둘러보았다. 사람들은 평범해 보였다. 바람 길도 없었다. 바람개비가 없어서인가 싶어서 바람개비를 꺼냈다.

지나가는 사람 쪽으로 바람개비를 들어 보려다가 문득 이래도 되는가 싶었다. 만약 정말 그 사람의 기운이 바람개비를 통해 내게 들어오기라도 한다면 너무 무섭고 죄책감이 들 것 같았다. 하지만 만약 이 모든 게 새빨간 거짓말이라면?

나는 마음을 굳게 먹고 최대한 긴강해 보이는 택배 아저씨를 보며 바람개비를 들었다. 그러나 아무리 기다려도 연기 같은 건 보이지 않았다. 바람도 불지 않았다.

다음 날, 곧장 아무 사무소로 가서 소장에게 이 사실을 보고했다.

"물건에는 손대지 말라고 했을 텐데요?"

소장은 무서운 얼굴을 하고 낮은 목소리로 말했다. 한 번도 본 적이 없는 표정이었다.

"그, 그게…… 아무래도 의심스러워서 확인해 보고 싶었어요. 그래서 가짜인 걸 알아냈잖아요."

"그건 당신이 판단할 문제가 아닙니다."

"하지만 제가 직접 가서 해 보지 않았다면—."

"바람 길이 위치를 바꾸었으니까요."

"예?"

"어쨌거나 내가 당신을 채용한 이유는 다른 사람의 일에 관심이 없어 보여서입니다. 당신은 시키는 일만 해 주십시오."

소장이 무척 화가 나 보여서 더는 아무 말도 할 수 없었다. 내가 아주 큰 잘못을 했다는 말로 들렸다. 하지만 바람 길이 바뀌었다는 말은 뭘까? 궁금한 게 많았지만, 아무래도 내가 계속 관심 없는 척해야 이 아르바이트를 계속할 수 있을 것 같았다. 나는 소장을 힐끔 보고 책상 위에 붙어 있던 메모를 들고 나왔다.

외부에서 바람개비를 촬영한 모습.
당시 바람이 불고 있었는데도 전혀 돌아가지 않았다

AMU-084 : 빼앗는 바람개비

위험도 : A

설명 : 문방구에서 쉽게 구입할 수 있는 재료로 만든, 어디서나 볼 수 있는 평범한 바람개비. 입수 후 입바람을 불어 돌려 보려 했지만 날개가 꿈짝도 하지 않았다. 그래서 손으로 강제로 돌려도 보았지만 역시 마찬가지로 움직이지 않았다. 그래서 AMU-084가 발견되었다는 도로명 ■■■■-■■ (그 근처에서는 바람골이라고 불리는)에 가

보니, 갑자기 바람개비가 돌아가는 걸 확인할 수 있었다.

발화자 ■■■의 증언에 따르면, AMU-084의 능력은 어느 지역의
에너지를 한 곳에서 다른 곳으로 강제적으로 옮기는 것이다. A 지역과
B 지역 사이에 바람개비를 설치한다면, 바람개비가 향하는 방향에
따라 지역의 흥망을 결정할 수 있는 것이다.

추가 실험
■■■■년 ■월 ■일 ■■시경.
햄스터 두 마리를 사서 둘 사이에 AMU-084를 놓았다. 그러자
바람 한 점 없는 실내에서 갑자기 바람개비가 돌기 시작했다. 장시
후, 에너지를 빼앗기는 쪽의 햄스터는 움직임이 둔화되었다. 반면
에너지를 빼앗는 쪽의 햄스터는 활동이 더욱 활발해졌다.

■■■■년 ■월 ■일 ■■시경.
원래 AMU-084가 있던 바람골 지역에, AMU-084를 거꾸로 설치했다.
장기 프로젝트로 계속 관찰할 예정.

남자아이는 나싸고짜 하얀 편지 봉투를 내밀었다. 어느 공원 벤치에서였다. 12살? 13살쯤 되어 보이는 그 아이는 내가 만난 물건 주인 중 가장 어려 보였다. 검은 모자를 눌러쓰고 검은색 티셔츠에 검은 면바지를 입고 있었다. 나와 눈을 마주치기 싫은 듯 의도적으로 눈길을 피하며 내 쪽을 쳐다보지 않았다.

"이건……."

봉투를 연 나는 깜짝 놀랐다. 편지지 몇 장에 빼곡하게 연필로 휘갈겨 쓴 글씨가 가득했다.

학교는 나쁜 놈들의 소굴이다. 썩어 빠진 규칙과 분수를 모르는 아이들의 악다구니로 가득한 곳. 그중에는 나처럼 정상적인 인간도 존재한다. 하지만 대부분은 바보 같은 고정 관념을 가지고 있다. 지긋지긋한 외모 지상주의.

"야, 감자. 너 진짜 고백할 거야?"

우리 반에서 유일하게 정상인 승호가 나를 툭 치며 말한 건 열흘 전이었다. 승호는 다른 애들처럼 나를 감자라고 불렀지만 진짜로 나를 그렇게 생각하는 건 아니라고 했다. 나도 그 말을 믿었다. 그때까지는.

"해야지. 오늘 날씨가 좋잖아."

나는 금방이라도 비가 올 것처럼 우중충한 하늘을 가리켰다. 승호가 내 농담에 반응하며 웃었다. 고백은 처음이라 자신 있지는 않았지만 어느 정도 기대는 있었다. 그 여자애 김아윤은 요즘 인기 있는 배우를 닮았을 정도로 꽤나 예뻤지만 다른 애들처럼 건방지지 않았다. 얼굴만 믿고 도도한 애들과는 차원이 달랐다. 누구도 차별하지 않았고 모두와 웃으며 이야기를 나눴다. 김아윤은 아침에 교실에 들어서면 나에게 다가와 먼저 말을 걸었다.

"머리 잘랐어?"

"어? 어."

"잘 어울린다. 시원해 보여."

아무도 내가 미용실에 다녀온 걸 몰랐지만 김아윤만은

알아주었다. 아무래도 나에게 호감이 있는 것 같았다. 다른 여자애들은 내가 말을 걸면 인상부터 썼는데 김아윤은 오히려 먼저 말을 거는 것이 이상했다. 게다가 내가 대답을 하면 환하게 웃어 주었다.

나는 고백 방법을 고민했다. 처음에는 쪽지를 써서 줄까 했는데 그건 초등학생이나 하는 유치한 짓 같았다. 그래서 직접 말하기로 했다. 승호도 그게 낫겠다고 했다.

그러나 막상 아침에 김아윤을 보니까 도저히 그건 안되겠다는 생각이 들었다. 그래서 아침 조회 시간에 담임이 들어와 폰을 끄라고 하기 전 급하게 메시지를 보냈다.

사귀자.

쓰고 나니 다음 문장이 안 떠올랐다. 널 좋아한다고 써야 할까? 여자 친구가 되어 달라고 써야 할까? 사귀자는 문장에 모두 포함되는 말이니 사족처럼 느껴졌다. 구구절절 말이 길어지면 유치하다고 생각할까 봐 겁이 나기도 했다.

"담임 온다!"

누군가 외치는 소리에 깜짝 놀라서 전송 버튼을 눌러 버렸다. 보내자마자 후회가 됐지만 한편으로는 전송을 취소하고 싶은 마음도 없었다. 기왕 이렇게 된 거 짧고 간단하게 이렇게 쓰는 게 나을 것 같았다. 김아윤이라면 어떤 식의 고백에도 고개를 끄덕여 줄 것이다. 그래서 그냥 폰을 껐다. 종례가 끝나야 다시 폰을 켤 수 있었다. 우리 담임은 점심시간에도 눈에 불을 켜고 폰을 못 쓰게 했으니까.

담임이 종례를 하고 나가자 나는 잠시 뜸을 들이다가 폰을 켰다.

미안해. 계속 좋은 친구로 지내자.

내가 짧게 보낸 것처럼 김아윤의 대답 역시 간결했다. 하지만 그래서 더 화가 났다. 큰 고민이 보이지 않는 문장이었다. 속에서 뜨거운 게 확 올라와서 주체할 수 없을 정도였다.

"에이 씨!"

김아윤은 나를 의식해서인지 서둘러 교실을 빠져나간 것 같았다. 그 애 자리는 이미 비어 있었다.

"왜? 차였어?"

승호가 달려와 내 폰을 보려고 했다.

"아 씨, 꺼져."

승호에게도 자세히 말하고 싶지 않았다. 김아윤은 왜 날 받아 주지 않았을까? 여태까지 보인 웃음은 가식이었나? 나에게 말을 걸었던 건 인기 관리 같은 것이었을까? 혼란스러웠고 그만큼 배신감이 컸다. 부르르 떠는 나를 보고 승호는 먼저 간다며 슬그머니 도망쳤다.

처음 악플을 쓴 건 그날 밤이었다. 엄마가 보던 드라마에 김아윤을 닮은 배우 이하은이 나오고 있었다. 화장실을 가다가 그걸 보자 다시 분노가 치밀었다.

폰으로 이하은을 검색했더니 드라마 기사가 있었다.

햇살 같은 여자, 이하은의 새 드라마 시청률 1위!

기사 제목을 보자 구역질이 났다. 햇살 같다니. 내가 김아윤을 보며 가끔 했던 생각이었다. 알고 보니 오해였고 거짓이었고 위선이었다. 나는 작정하고 예전에 쓰던 폰을 꺼냈다. 그러고는 방금 봤던 인터넷 기사를 다시 찾았다.

ㄴ 햇살 같은 여자는 개뿔, 백 살 먹은 여우지.

댓글을 달자 속이 시원했다. 얼마 전에 이하은이 양다리를 걸쳤다는 소문이 돌았던 것을 빗댄 것이었다.

└ 진짜 센스 있는 댓글! 공감합니다!

어떤 사람이 내 댓글에 댓글을 달았다. 그 사람은 나를 언제나 응원하겠다는 댓글을 하나 더 달며 햇살과 백 살, 여자와 여우의 라임이 마음에 든다고, 언어 능력이 뛰어나다며 칭찬도 했다. 그 댓글을 시작으로 사람들이 내가 옳다는 댓글을 달기 시작했다. 추천 수도 훨씬 빠르게 올라갔다. 사람들이 공감하는 게 신기하기도 하고 기쁘기도 했다. 이하은을 공격했을 뿐인데 닮은 김아윤에게 복수라도 한 것처럼 기분이 나아졌다.

며칠 동안 김아윤은 나를 피해 다녔다. 우연히 복도에서 마주쳤을 때 나한테 웃으면서 인사를 건네긴 했지만 그게 다였다. 전처럼 지낼 생각이 전혀 없었던 나는 김아윤의 인사를 모른 척하고 지나쳤다. 김아윤은 내 뒤에 있던 승호에게도 인사했다. 그 햇살 같은 웃음을 띠고서.
"안녕? 새 신발 신었네. 예쁘다."
승호가 새 실내화를 산 건 나도 몰랐던 사실이었다. 역시 김아윤은 백 살 먹은 여우였다.
"진짜야? 와, 특종!"
승호와 함께 교실에 들어서자 웅성대는 아이들 무리가

보였다. 승호는 부리나케 그쪽에 끼어들었다.

"뭔데? 무슨 특종인데?"

"김아윤이랑 최은우 사귄대!"

기다렸다는 듯이 대답이 돌아왔다. 아이들은 이 특종을 널리 널리 퍼뜨리고 싶어 안달이었다.

"감자, 이게 뭔 일이냐……. 결국 김아윤도 똑같네."

승호가 내 눈치를 보면서 김아윤을 흉봤다. 그도 그럴 것이 최은우는 전교 여자애들이 모두 좋아하는 아이라 해도 과언이 아니었다. 키 크고 잘생긴 데다가 성적도 전교권일 정도로 뛰어났다. 처음 반 배정 때 같은 반이 아니라서 다행이라고 생각했을 정도였다. 키 작고 코도 감자같이 뭉툭하고 공부도 별로인 나랑은 정반대였으니까.

처음에는 놀라던 아이들도 시기와 질투는커녕 김아윤과 최은우가 잘 어울린다며 공식 커플로 인정하기 시작했다. 평소 적이 없고 얌전하고 누구에게나 친절했던 김아윤이기에 크게 샘이 나지 않는 모양이었다. 그래 봤자 이미지 관리라는 걸 다들 모른 채 속고 있었다.

그날 밤 두 번째 댓글을 썼다. 최은우처럼 키 큰 아이돌 가수 멤버에게.

ㄴ 얼굴로 노래하는 가수. 입으로는 못 부르고.

역시나 사람들은 내 댓글에 반응하기 시작했다. 추천 수가 올라가고 내 댓글은 인기 댓글이 되었다.

       ㄴ 키 클 시간에 노래 연습을 하지 그랬냐. 쯧쯧.
         ㄴ 화보 멋있더라. 모델로 직업 바꿔.
             입 다물고 사진이나 찍고 워킹만 하라고.

댓글을 몇 개 더 달고 나니 속이 좀 풀렸다. 최은우를 닮았단 것도 싫었지만 평소 노래 실력도 별로면서 외모로 인기를 끄는 게 마음에 안 들던 멤버였다.

그 뒤로 나는 인기 연예인 기사마다 댓글을 달았다. 그들의 약점을 가지고 조롱하는 게 짜릿했다. 무엇보다 나와는 다른 세상에 사는 것 같은, 만나기도 어려운 사람들을 깎아내릴 수 있다는 점이 좋았다. 사람들이 공감하고 읽어 줄수록 어깨가 으쓱했다.

그러던 어느 날이었다. 여느 때처럼 학교에 가자마자 승호에게 달려갔다. 간밤에 내가 단 댓글이 또 인기글로 추천되어서 자랑하고 싶었다.

"또? 와, 대단한데."

승호는 나를 자랑스럽게 바라보았다. 하지만 나는 곧 내 눈을 의심했다. 승호 입 아래쪽 턱과 목 사이의 허공

에, 글자들이 한 줄로 동동 떠 있었다. 마치 외국 영화를
볼 때 나오는 우리말 자막처럼 보였다.

그게 좋냐? 악플러 새꺄.

"야!"

"깜짝이야! 왜 갑자기 화를 내?"

승호는 화를 내는 내 얼굴을 빤히 바라보았다. 언제나
내 뜻에 동조하고 응원하던 승호의 모습 그대로였다.

"아, 아무것도 아니야."

눈을 비비고 나니 승호 얼굴 아래에는 아무 글자도 보
이지 않았다. 내가 잘못 본 모양이었다.

"야, 거기 뭐 하냐! 앞에 있는 선생님이 안 보이냐?"

어느새 담임이 들어와 아침 조회를 준비하고 있었다.
서둘러 내 자리로 돌아가는데 언뜻 담임 얼굴 아래에 무
슨 글자가 떠 있는 게 보였다.

어휴, 저 찌질이. 저런 찌질이 대신 최은우가 우리 반이면 얼마나 좋아.

아까 승호 얼굴 아래 글자가 떠 있던 건 착각이 아니었
다. 다른 애들한테는 안 보이는 것 같았다. 담임 바로 앞

에 앉은 애들도 이상하게 생각하지 않는 듯했다. 나는 서둘러 내 짝꿍을 봤다. 짝꿍의 얼굴 아래엔 아무 글자도 없었다. 그래서 슬쩍 말을 걸어 봤다.

"야, 지우개 좀 빌려줘."

짝꿍은 귀찮다는 듯이 필통에서 지우개를 꺼내 건넸다. 그런데 짝꿍의 얼굴 아래쪽에 글자가 또 나타났다.

아, 이 지우개로 널 지워 버리고 싶다.

"아 씨, 너 지금 뭐라고 했냐?"

짝꿍에게 속삭이는데, 담임이 내 이름을 부르며 이쪽을 노려봤다. 그런데 또 글자가 떠 있는 게 보였다.

반에 도움이 안 되면 조용히 입이라도 다물어라, 제발.

욱하는 마음이 올라왔다. 하지만 화를 낼 새도 없이 담임의 시선을 따라 나를 보는 아이들의 얼굴이 보였다. 그 얼굴들 아래마다 말 한마디씩 둥둥 떠 있었다.

얼굴은 꼭 감자처럼 생겨가지고.
저 새끼 은근히 구제 불능이라니까.

분수도 모르고 김아윤에게 고백했다며?
얼굴이 안 되면 공부라도 하라고.

나는 입을 틀어막았다. 숨이 턱 막혀 왔다. 선생님과 아이들의 속마음이 분명했다. 더 많은 아이들이 나를 볼수록 둥둥 뜨는 글자들이 늘어 갔다.

"우욱!"

구역질이 났다. 나는 입을 막고 교실을 뛰쳐나갔다. 화장실로 가서 토할 생각이었지만 복도를 달리다 보니 구역질이 멈췄다. 나에 대한 욕설을 보는 상황이 힘들었던 것 같았다.

"야, 괜찮아?"

승호가 화장실 앞까지 뒤따라왔다. 담임이 가 보라고 했다면서. 참 나, 반에 필요 없는 학생이라고 할 땐 언제고 이제 와서 걱정이야?

"저리 가."

나는 부축하려는 승호를 뿌리쳤다.

"야, 왜 그래?"

"네가 나보고 악플러 새끼라며!"

"내가 언제?"

승호는 황당해 했다. 정말 그런 생각조차 해 본 적 없다는 표정이었다.

"속으로 그렇게 생각한 거 내가 모를 줄 알고?"

"아니야. 그런 적 없어!"

승호가 손을 내저었다. 꼭 진심 같았다. 내가 본 글자들이 속마음이 아니라고?

"거짓말하지 마!"

나는 승호를 밀치고 학교를 뛰쳐나왔다.

차마 집으로 못 가고 동네를 서성이다가 한적한 공원 구석까지 갔다. 동네에서 아는 사람을 마주칠까 봐 겁이 났기 때문이다. 이 시간에 학교에 있지 않은 날 보면 이상한 소문이 돌아 우리 엄마 귀에까지 들어갈 것이다. 공원 구석에 앉아 폰이나 만지작거리는데 포털 사이트 메인 화면에 속보가 떠 있었다.

인기 배우 이하은 자살. 악플 때문에 괴롭다는 유서 발견.

너무 놀랐다. 숨이 잘 쉬어지지 않았다. 차마 기사를 더 찾아볼 엄두가 나지 않았다. 나 때문에 사람이 죽다니. 아니다. 악플은 한두 개가 아니었다. 나만 악플을 단 게 아니니까 나 때문만은 아닐 것이다.

이하은은 정말 죽을 정도로 힘들었던 걸까? 늘 밝은

얼굴로 연기하고 인터뷰를 하던 모습이 떠올랐다. 힘든 사람처럼 보이지 않았다. 난 그저 장난을 조금 친 것뿐이었다. 하지만 그런 생각과는 다르게 내가 쓴 악플이 기억에서 지워지지 않았다,

　ㄴ 햇살 같은 여자는 개뿔, 백 살 먹은 여우지.

이하은이 내 댓글도 봤을까?

곧 아까 교실에서 있었던 일이 생각났다. 얼굴 아래 보이던 글자들. 나를 싫어하던 아이들. 잠깐 떠올렸을 뿐인데 다시 심장이 미친 듯이 뛰었다. 아무도 믿을 수 없었다. 초등학교 때부터 친구인 승호조차도.

나는 지금 벼랑 끝에 몰린 기분이다. 뒤에서는 사냥꾼들이 나를 먹잇감처럼 쫓고 있고, 더는 물러설 곳이 없는 기분. 더는 사람들을 볼 자신이 없었다. 혹시 그들이 사냥꾼일까 봐. 집에 가면 엄마 얼굴 밑에도 글자가 떠 있는 게 아닐까? 나를 괜히 낳았다고 써 있는 건 아닐까? 내가 믿던 사람, 내가 아는 사람들의 얼굴 밑에 어떤 글이 달릴지 무섭다. 나는 계속 괴로울 것이다. 도망치고 싶다. 제발.

그래서 나는 이 글을 쓴다. 이 글은 내 마지막 글, 유서

다. 나는 모두를 용서할 수 없지만, 이하은은 나를 용서
해 주길 바라며.

편지글은 여기서 끝났다. 나는 남자아이를 바라봤다.

"보다시피 난 안 죽었어요. 아니, 못 죽은 거죠. 죽는 것도 용
감해야 하는 거니까. 소장에게 전해요. 이 상황이 계속된다면 난
결국 죽을 거고, 그러니까 빨리 벗어나게 해 달라고. 그 빌어먹
을 속마음 좀 안 보이게 해 달라고요."

"죽다뇨. 그런 생각하지 마요. 괜찮아질 거예요."

안쓰러웠다. 이 남자아이가 잘했다는 건 아니지만 옆모습만 봐
도 꽤나 괴로워하는 게 느껴졌다.

"지금 누나가 무슨 생각하는지 다 알아요. 누나 얼굴 아래에
도 글이 보이거든요."

"그, 그래요?"

"악플러로 고소당해서 경찰서 안 드나드는 걸 다행이라고 여기
라고 생각하고 있잖아요."

그런 생각은 전혀 하지 않았다. 고소라는 단어를 떠올리지도
않았다.

"나 그런 생각한 적 없어요. 친구 말이 맞았네요. 보인다는 글
자들이 그 사람의 진심이 아닌 것 같아요."

"말은 다 그렇게 하죠. 이제 익숙해요."

남자아이는 퉁명스럽게 말하더니 낡은 휴대폰을 하나 건넸다.

"이게 악플을 썼던 폰이에요. 옛날에 쓰던 건데…… 내가 쓰고 있는 폰으로 댓글을 남기는 게 어쩐지 껄끄러워서……."

남자아이가 일어섰다. 나는 이 아이가 잘못 알고 있는 걸 바로잡고 싶었지만 듣지 않고 가 버렸다. 단단히 오해를 하고 있었다. 자신에게 사람들의 속마음이 보인다고. 아마 누구의 말도 믿지 않을 것이다.

소장이 어떻게 해결할지 궁금했지만 아무것도 물을 수 없다는 게 아쉬웠다. 바람개비 사건으로 알았다. 소장은 내가 이야기에 개입하거나 의뢰인을 동정하는 걸 용납하지 않을 것이다. 그저 간절히 모든 일이 잘 해결되길, 그래서 결국 이 남자아이가 자살하는 일이 없길 바라는 수밖에 없었다.

AMU-087의 전원을 켰을 때 찍은 사진.
켜자마자 메시지와 SNS 알림이 떴는데,
당시 AMU-087은 인터넷에 연결되어 있지 않은 상태였다.

AMU-087 : 악플 스마트폰

위험도 : 소유한 사람의 속마음에 따라 D등급에서 S등급까지.

설명 : ■■에서 201X년에 출시한 스마트폰. 일련번호를 통해
■■에서 제조 및 판매한 것이 확인되었다. 핸드폰에 설치된 OS와
앱도 개조된 흔적은 없었다. 하지만 그럼에도 스마트폰을 비행기
모드로 두어도 악플 메시지와 SNS 댓글 알림은 계속해서 울렸다. 결국

제보를 한 발화자 ■■■가 저지른 행동이 AMU-087를 탄생시킨 것으로 보인다.

발화자 ■■■은 AMU-087로 악플을 지속적으로 달다 보니, 자신의 눈에 다른 사람들의 속마음 악플이 보인다는 증언을 남겼다. 하지만 아르바이트생의 진술서를 보면 이상한 점이 보인다.

아르바이트생이 발화자에 대해 부정적인 속마음을 품지 않았음에도 발화자는 아르바이트생의 속마음 악플이 보인다고 이야기했던 것이다.

"통화는 녹음됩니다. 괜찮으시겠어요?"

언제나처럼 양해를 구했다. 만나서 이야기까지는 하고 싶지 않다던 상대를 위해서 전화로 사연을 전달 받기로 했다. 사실 이야기를 얻기 위해서 만날 필요까지는 없었다. 만나서 녹음을 하든, 전화 통화를 녹음하든 마찬가지였다. 다만 물건을 받고 진실이라는 걸 파악하기 위해 만나는 것뿐이었다.

"그럼 물건은 택배로 보내면 되겠습니까?"

상대가 이야기를 시작하기 전에 먼저 물었다. 아주 예의가 바르다고 해야 할까? 또래 같지 않게 진지한 말투였다. 택배는 사무소 주소가 아닌 우리 집으로 받기로 했다. 소장이 사무소의 위치를 함부로 알려서는 안 된다고 지시했기 때문이었다. 이유는 알려 주지 않았지만, 대략 짐작되는 바가 있었다. 아이들은 모두 한결같이 물건을 주면 문제가 해결되느냐고 물어 왔다. 일이 잘 못되어 문제가 해결되지 않았을 때, 소장은 책임지고 싶지 않은 것이다.

"그럼 이제 시작해 주세요."

우리 아파트에서 학교로 가려면 개천을 건너야 합니다. 개천은 꽤나 넓어서 다리를 건너더라도 거리가 꽤나 되지요. 그래서 우리 고등학교에 다니는 아이들 대부분은 자전거를 이용합니다. 이사를 왔다거나, 처음 이 동네에 온 사람들은 아침마다 아파트 단지를 빠져나가는 자전거들이 일제히 다리를 지나 고등학교로 향하는 모습이 꽤나 인상적일 겁니다.

저 역시 원래 평소에는 자전거를 타고 다닙니다. 딱히 좋은 자전거는 아니지만, 페달을 밟으면 기분 좋은 소리를 내며 굴러가는 멋진 놈이었지요. 그거 아시죠? '또르르르' 하는 소리. 한번 밟으면 절로 굴러가는 바퀴와 체인 소리 말이에요. 아침 찬바람을 고스란히 맞으면서 달리면 얼굴이 얼얼할 때도 있지만 잠이 확 깨곤 해요.

그런데 며칠 전 그만 사고가 났습니다. 자동차랑 부딪쳤던 교통사고. 아, 그렇게 놀랄 만큼 심각한 건 아니고요. 살짝 스치고 넘어진 정도예요. 다만 자전거는 망가져 버리고 말았어요. 자전거라는 물건이 구조는 꽤나 단순하지만, 또 그만큼 잘 망가지잖아요. 자전거가 박살이 난 것도 아닌데 몸체가 찌그러지고 뒤틀리면서 휘었는지, 이게 굴러가지가 않았어요.

그래서 다음 날부터 졸지에 걸어서 학교로 가는 신세가 되었습니다. 아침이 되자, 아이들이 자전거를 타고 앞다투어 학교로 달려갔지만 저는 하릴없이 걸어가야 했지요. 당장은 자전거를 살 수 없었거든요. 아마 당분간은요. 어머니는 가계라는 게 정해진 지출과 저금으로 운영되는 것이어서 예상 외의 지출을 당장은 감당할 수 없다고 하시더군요. 이해는 합니다. 그러나 자전거들이 날 앞질러 갈 때마다 점점 기분이 나빠지기 시작했습니다. 어제까지만 해도 자전거 무리 중 한 명이었던 내가 그리웠지요.

개천을 가로지르는 다리에 한 걸음 내딛자마자 당장 어디 버려진 자전거라도 구해 봐야겠다는 생각이 들었습니다. 다리는 긴 아치형이어서 중간까지 가는 동안에는 힘겨운 오르막의 연속이었습니다. 내 다리요? 물론 아팠지요. 나는 낑낑대고 있는데 쉽고 빠르게 지나가는 자전거 때문에 더 열이 받았지만요.

"어이, 자전거는?"

같은 반 녀석을 만났을 때는 얼굴이 시뻘게져 있었습니다. 괜히 화가 나서 그렇기도 했지만, 생각보다 힘이 들어서였지요. 그래서 아무 대답도 하지 못하고 숨만 헐떡였습니다. 운동을 따로 하지는 않지만 체육 시간마다 빠지지 않고 참여했는데 전혀 도움이 되지 않았던 모양이에요. 그깟 등교가 이리 힘든 일일 줄 알았나요? 눈앞에는 보이지만 한없이 멀기만 한 학교가 꼭 신기루 같았어요.

"몰라. 씨발."

"잘해 봐라."

녀석은 기분 나쁜 웃음만 히죽 남기고 다시 자전거를 몰았습니다. 금세 너석은 시야에서 사라져 비렸지요. 나쁜 자식. 저는 침을 뱉고는 다시 학교로 걸음을 옮겼습니다. 학교에 다다랐을 때는 다리가 후들거려 주저앉고만 싶었지요.

참 이상한 일입니다. 눈으로 볼 때는 집에서 학교가 그렇게 멀지 않은데, 실제로 걸어야 하는 거리는 멀고 힘들었습니다. 직선 거리로는 가깝지만, 그놈의 개천 때문에 다리를 건너려니 더 멀었던 모양입니다.

하교를 할 땐 일부러 개천으로 내려가 보았습니다. 약을 올리며 씽씽 달려가는 자전거가 안 보이니 살 만하더군요.

개천에 내려가서 보니, 다리를 건너서 가는 길은 멀리 돌아가는 길이었습니다. 길이 묘하게 틀어져 있어서 다리를 놓으려면 그렇게 만들 수밖에 없겠더라고요. 역시, 눈으로 보는 것과 발로 걸으며 보는 것은 달랐어요. 자전거를 타고 다닐 때는 몰랐던 것들을 발로 직접 걸어 보고 나서야 알게 되었으니까요. 사실 가장 좋은 지름길은 물 위로 쭉 가는 거였어요. 물 위를 걸을 수만 있다면요.

저는 개천 여기저기를 둘러보며 천천히 걸었습니다. 그러고 보니 제가 마지막으로 개천에 산책을 온 건 아버지가 살아 있던 여덟 살 때였습니다. 그때 우리 가족은 이 아파트 단지에 막 입주하여 종종 개천으로 소풍을 나오곤 했었습니다. 별것 없는 개천이었지만 물가에 돗자리를 펴서 자리 잡고 앉아 도시락을 먹으면 그렇게 기분이 좋을 수가 없었지요. 백로인지 뭔지 이름 모를 커다란 새들과 오리들이 물고기를 잡는 걸 보노라면 시간이 금방 지나갔습니다.

그러나 아버지가 세상을 떠나고 나서는 오지 않았습니다. 벌써 10년이나 되었네요. 엄마는 일하느라 바빠서 나를 데리고 올 시간이 없었고, 저는 엄마가 퇴근할 때까지 집 안에만 있어야 했기에 혼자 올 엄두를 못 냈습니다. 엄마는 제가 혼자 어디를 가서 다치기라도 할까 봐 늘 걱정하며 무조건 집 안에만 있게 했습니다. 개천에 갔다가 물에 빠지기라도 하면 큰일이라고, 절대로 가지 말라고 강조하셨지요. 아쉽지는 않습니다. 사실 그때는 개천에 가고 싶다는 생각을 한 적도 없으니까요.

개천을 둘러보다가 어느 굴 입구를 발견했습니다. 그제야 잊고 있던 기억이 되살아났습니다. 이곳에는 '토끼굴'이라고 불리는 굴다리가 있습니다. 위로 난 다리와는 달리, 터널처럼 직선 코스로 만들어 놓은 곳이었지요. 엄마는 굴다리에 못 들어가게 했습니다. 역시나 위험하다는 게 이유였어요. 굴다리는 시커먼 어둠으로 가득했습니다. 입구와 출구 쪽에만 빛이 고여 있었을 뿐 가운데는 칠흑처럼 어두웠습니다.

주위에는 아무도 없었습니다. 그러고 보니, 처음 굴다리를 봤을 때도 주위에는 사람이 없었지요. 어린 저는 그 안에 박쥐가 있기 때문이라고 짐작했습니다. 어두운 동굴에는 박쥐가 사니까 굴다리 안에도 박쥐가 잔뜩 있어서 사람들이 들어가지 않는 거라고 상상한 겁니다. 기억이 정확하지는 않지만 그에 대한 악몽도 꾸곤 했던 것 같아요. 어찌 되었든 지금도 굴다리를 이용하는 사람은 없는 듯했습니다.

도대체 왜?

이제서야 의문이 들었습니다. 굴다리 안에 박쥐 따위는 없다는 걸 이제는 아니까요. 아니, 박쥐가 진짜 살 수도 있지만, 그렇다고 해서 직선 거리로 빠르게 갈 수 있는 이점을 포기하고 그냥 내버려 둘 어른들이 아니라는 걸 아니까요.

보다 현실적인 이유를 생각해 보자면, 부실 공사로 인해 지나다니기가 위험할 수 있다는 거였습니다. 저는 어딘가에 금이 가 있는 건 아닐까 하고 굴다리 입구 쪽 벽을 살펴보았어요. 그러나 곧 말도 안 된다는 걸 알았지요. 그렇게 위험할 정도라면 아이들이 못 들어가게 출입 금지 표시라도 해 놓지 않았을까요? 그러나 입구에는 표지판은 커녕 경고 테이프 하나 둘러져 있지 않았어요. 제 생각이 틀렸다는 뜻이었지요.

그럼 왜일까요? 이 길을 이용하면 다리를 건너는 것보다 두 배는 빨리 개천을 건널 수 있는데, 왜 아무도 이용하지 않는 걸까요?

저는 굴다리 안으로 발을 한 발 내딛어 보았습니다. 바깥과는 달리 습하고 차가운 기운이 느껴지면서 온몸에 소름이 돋았어요. 그때였습니다.

"들어가지 마세요."

저는 목소리에 깜짝 놀라 하마터면 주저앉을 뻔했어요.

대신 걸음을 멈춘 채 얼어붙어 버렸지요. 아무도 없는 줄 알았던 공간에 누군가 있었다는 것도 놀라웠지만, 그 말 내용에 더 놀란 겁니다. 들어가지 말라니, 우려하던 일이 결국 일어나 버린 것만 같은 기분이었지요.

"네?"

뒤늦게 고개를 돌려 그를 바라봤습니다. 목소리의 주인 공은 40대에서 50대 정도로 보이는 남자였어요. 평범한 외모에 평범한 트레이닝 복을 입고 있고 있었지요. 그러나 어딘지 모르게 피로함이 느껴지는 얼굴이었어요.

"안 들어가는 게 좋을 겁니다."

"왜요? 혹시 누너지려고 하나요?"

내가 생각해도 바보 같은 질문이었어요. 하지만 남자가 자리를 뜨려는 듯해서, 남자를 붙잡으려면 생각나는 대로 물을 수밖에 없었지요. 다행히 남자는 내 말에 웃지 않았 어요.

"만약 들어간다면 멈추지 말고 끝까지 가도록 해요."

남자는 자기 할 말만 했습니다.

그때 기척이 났습니다. 개천을 따라 길게 자란 풀숲에 서 떠돌이 개가 튀어나온 겁니다. 개는 깜짝 놀라는 저를 오히려 이상하다는 듯이 바라보았고, 문득 정신을 차리고 제가 돌아봤을 때 이미 남자는 사라진 뒤였습니다. 조깅을 하고 있었던 것 같으니 그대로 뛰어가서 가 버린 거겠지요. 아마도.

"이놈의 똥개!"

저는 개 때문에 뭔가 알아낼 기회를 놓친 것이 분해서 괜히 헛발질을 했습니다. 떠돌이 개는 아랑곳하지 않고 지저분한 털을 부르르 털더니 어슬렁어슬렁 굴다리 쪽으로 다가갔습니다. 늘 이 주위를 다니는 녀석이니 굴다리도 무섭지 않은 거겠죠.

"그래. 너라도 들어가 봐라. 혹시 안에 먹을 거라도 있을지 아냐?"

농담으로 던진 말이었지만, 개는 마치 말을 알아들은 듯 굴다리로 들어가기 시작했습니다. 순간 아차 싶었던 건 왜였을까요. 아무리 하찮은 동물이라도 어떻게 될지 모르는 상황에 밀어 넣어서는 안 되는 걸.

"야, 이리 와. 돌아와."

그러나 개는 되돌아오지 않았습니다. 저만의 착각이겠지만, 안에 뭐가 있는지 궁금하다는 듯 개는 입맛까지 다시며 들어갔습니다. 멈추지 말라고 했던 남자의 말을 생각하며 개천 건너 굴다리 출구를 노려보았습니다. 멀리 있었지만, 개 한 마리가 나오는 정도는 보이니까요. 그러나 아무리 기다려도 개는 나오지 않았고, 그렇다고 해서 되돌아오지도 않았어요. 해가 기울고 어둠이 깔리는 중에도 개는 기척도 없었습니다.

쪼그려 앉아 있던 저는 터덜터덜 집으로 돌아갔어요. 안에 떠돌이 개의 보금자리라도 있는지 누가 알겠어요? 그냥 쭉 가기만 하면 되는 굴다리에서 길을 잃진 않았겠지요. 미로도 아니고요. 그리고 나오거나 말거나 그건 개의 마음이지요.

자전거를 살 수 있는 엄마의 월급날이 다가오고 있었습니다. 저는 매일 다리를 건너 학교에 오고 갔고, 하루가 지날 때마다 조금씩 익숙해짐을 느꼈습니다. 제 옆을 지나쳐 쌩쌩 달리는 녀석들에게 속으로 저주를 퍼붓곤 했지만요. 굴다리와 떠돌이 개에 대해서도 잊어 가고 있었습니다. 매일매일 펼쳐지는 일상이 지겨워도, 늘 머릿속을 바쁘게 했거든요. 곧 중간고사인 데다가 수행 평가가 줄줄이 있어서 숨이 막혔습니다.

그러던 어느 날이었습니다.

엄마는 회사에 일이 있어서 새벽 일찍 출근을 했어요. 분명 엄마가 나갈 때 일어나 인사도 나눴지만, 다시 잠들어 버린 모양입니다. 잠결에 알람까지 껐는지 늦잠을 자 버린 겁니다. 자전거 페달을 힘껏 밟아 달린다면 문제없이 지각을 면할 수 있었지만, 걸어가면 지각이 분명했어요. 1분만 넘어도 봐주는 것 없이 운동장을 뛰게 하는 학생주임, 학주 선생이 떠올랐지요.

서둘러 교복을 걸치고 나오면서 문득 좋은 생각이 떠올랐습니다.

굴다리.

굴다리를 통해 간다면 시간을 단축할 수 있었고, 대충 계산해 봐도 지각은 아슬아슬하게 면할 수 있을 것 같았습니다. 개천 쪽으로 뛰면서도 마음과 머리는 수없이 갈등을 일으켰습니다. 굴다리로 가느냐 마느냐, 굴다리로 들어가느냐 마느냐.

들어가지 말라고 조언한 남자만 아니었어도 들어갔을지 모릅니다. 한 발 내딛었을 때 느꼈던 스산한 기운도 마음에 걸리긴 했죠.

내 몸은 어느새 굴다리가 아닌 원래 다니던 다리로 가고 있었습니다. 전력을 다했지만, 결국 지각을 해 버렸습니다.

운동장을 달리면서 다리가 아파 오기 시작하자 별의별 생각이 다 들기 시작했습니다. 자전거가 없어서 걸어서 다리를 건너야 하는 것도 억울하고, 다리를 아치형으로 만들어서 오르막을 오르게 만든 건설사도 원망스럽고, 아침에 확실히 깨우지 않고 출근해 버린 엄마도 미웠고요. 몸이 피곤하고 힘들어질수록 원망과 증오는 커져만 갔지요. 종국에는 살의까지 일었으니까요. 딱히 누구를 겨냥한 살의는 아니었지만, 괜히 그런 감정이 일었습니다. 누구 하나 걸리는 놈 있으면 끝장이다, 그런 거죠. 제가 학교에서 어떤 애냐고요? 저는 그저 평범한 학생입니다. 있으나 마나, 교실에 앉아 있는지도 잘 모르는 그런 애요. 그러니까 지각 하나에도 이렇게 화가 나는 거 아닐까요?

"아, 미친 새끼. 빡 친다, 정말."

혼자 중얼거렸습니다. 이 정도는 욕도 아니잖아요. 그런데 학주가 들어 버린 겁니다. 진짜 밀 그대로 '빡 치는' 상황이 된 거죠. 학주 별명은 '열폭 기관차'였거든요. 열등감이 폭발하면 눈앞이 안 보일 정도로 화를 내는 게 특징이에요. 평소에 요주의 인물이 아닌 제가 그날은 딱 걸린 겁니다.

"너 지금 나한테 한 말이냐?"

학주는 눈에 불을 켜고 달려들었습니다. 체벌 금지 따위는 우습다는 듯 학주는 다른 식으로 벌을 주었지요. 운동장을 뛰게 하는 것도 지각한 학생이 허약하여 늦잠을 잤으니 건강 증진을 위한 체력 단련이라는 명목을 붙였습니다. 웃기죠? 때리려고 마음만 먹으면 얼마든지 명목을 만들어 붙일 수 있는 사람이라고요. 그 사람은.

저를 때린 건 아닙니다. 그러나 철저하게 응징했지요. 신체적인 폭력보다 더 아픈 언어 폭력으로요. 학주는 제 얼굴을 빤히 보면서 우리 아버지에 대해 말했습니다. 그래요. 지각을 하고 싶지 않았던 이유는 운동장을 도는 게 힘들어서였기도 했지만, 학주 때문이었습니다. 아버지와 동창인 그 사람은 가끔 저한테도 친한 척을 하곤 했습니다. 그리고 자신을 아버지처럼 대하라는 웃긴 소리를 해 댔지요. 정말 웃길 수밖에 없는 건 그는 아버지와 동창이긴 했지만 친구라고 할 순 없었거든요. 우연히 같은 반 교실에서 공부했을 뿐 둘 사이에 교류가 없었다는 건 저도 알고 엄마도 아는 사실이었습니다. 처음 이 아파트로 이사 왔을 때 아버지는 길 건너 사립 고등학교를 가리키며 말했습니다.

"저기 저 학교에서 내 동창이 선생 노릇을 하는데, 아주 빌어먹을 자식이지."

엄마가 친구냐고 되물었을 때, 아버지 얼굴은 일그러졌습니다. 잘난 척하고 이기적인 놈과는 친구 따위 안 한다는 말을 당시 어렸던 저도 똑똑히 기억하지요.

제가 이런 인간을 아버지처럼 대한다는 건 정말 말도 안 되는 일입니다. 아버지를 모욕하는 행위라 할 수 있고요.

"너희 아버지가 너 같은 새끼를 낳은 게 불쌍하다, 이 자식아!"

그 사람은 일부러 복도로까지 날 끌고 데려와서 쩌렁쩌렁한 목소리로 연설을 하기 시작했습니다. 처음엔 그럭저럭 받아 줄 만했지만, 내가 지금 이런 지질한 모습으로 성장한 걸 못 본 게 다행이라는 대목에서는 화가 치밀었습니다. 아버지가 공장에서 감전 사고로 즉사한 게 차라리 다행이라는 식으로 말했거든요. 미친놈. 저는 그 사람을 발로 걷어차고 싶었습니다. 어디서 감히 우리 아버지의 죽음을 언급하느냐고 따져 묻고 싶었습니다. 그러나 내 마음이 증오로 가득한 것과 달리 몸은 움직이지 않았습니다. 소란을 듣고 복도로 나온 같은 학년 아이들이 신경 쓰였기 때문이지요. 그리고 문제아 낙인이 찍히는 게 두려웠습니다.

그래요.

저는 비겁했습니다.

아무것도 하지 못하고 벌건 얼굴로 고개를 숙이고 있는 것만이 제가 할 수 있는 일이었습니다. 그 사람은 내가 아무 반응이 없자, 짐짓 미안했는지 아니면 도발 작전이 실패한 게 겸연쩍었는지 헛기침을 하며 교실로 들어가라고 했습니다. 내가 고개를 숙이고 마음속에서 몇 번이나 서슬 퍼런 칼로 그 사람을 찔렀는지 모른 채 말이지요. 마음속에서 저는 그를 난도질하다 못해 그의 배를 갈라 내장을 헤집어 놓고 바닥에 던졌습니다. 그래도 분은 풀리지 않았습니다. 실제로는 아무 행동도 하지 않았기 때문이겠죠.

'착하고 평범한 학생'이라는 타이틀을 지킨 것만이 성과였습니다. 사실 잘못을 한 건 나인데 담임이 잘 참았다고 토닥여 주기까지 했고요.

꿈을 꿨습니다. 꿈이라는 걸 꿈속에서도 용케 알고 있었지요. 이런 경우가 가끔 있었어요. 꿈을 조종하는 정도까지는 아니지만, 꿈이 시작되는 걸 느끼고 분위기를 보고 대강 어떤 꿈을 꾸겠구나 짐작하곤 했어요. 그래서 이번에는 아침에 학주에게 당한 일도 있었기에 그에 관한 기분 나쁜 꿈을 꾸겠구나 싶었습니다. 칠흑같이 어두운 안개로 뒤덮여 있는 시작이 을씨년스럽기도 했고요.

꿈에서, 안개 속에 누군가 오도카니 서 있는 게 보였습니다.

"누구야?"

아는 사람일 거라고 생각했는데, 그 사람은 모습을 드

러내지 않고 어디론가로 저를 인도했습니다. 몇 걸음을 걷고 돌아보며 나를 이끌고 있다는 걸 보지 않고도 느낄 수 있었어요. 그 사람 얼굴은 묘하게 알아볼 수 없었지만, 저는 길은 헤매지 않았지요. 이윽고 그 사람이 멈춰 서자, 그곳에는 사람 대신 동굴이 있었습니다. 동굴이 이상하다고 생각했을 때, 저는 그게 자연적으로 생긴 동굴이 아니라 굴다리라는 걸 깨달았어요. 토끼굴이요.

"여긴 안 들어가는 게 좋아. 그러나 들어갈 사람은 꼭 들어가게 되더라고."

남자가 살짝 웃으며 말했습니다. 낯이 익다 싶었는데, 먼젓번에 토끼굴에 대해 말해 준 그 남자였어요.

"저 안에 들어가면 비밀을 알 수 있어. 비밀."

남자는 뭐가 그리 재미있는지 눈을 가늘게 뜨고 웃음을 킥킥 흘렸습니다.

꿈에서 깬 뒤 잠시 그대로 멈춰 있었습니다. 엄마는 또 일찌감치 출근한 터였습니다. 햇살이 참 밝고 화창한 아침이었지요. 문득 시계를 본 저는 자리에서 벌떡 일어났습니다. 믿을 수 없었어요. 또 지각이라니.

일부러 알람을 이중으로 맞추고 각오도 단단히 했지만, 이상한 꿈 때문에 무너진 겁니다. 지금 이대로 학주를 또 만난다는 건 있을 수 없는 일이었지요. 미칠 것만 같았습니다. 오늘은 정말 칼로 학주를 찌를지도 모릅니다.

저는 토끼굴로 달려갔습니다. 그 방법밖에는 없었습니다. 가는 내내 꿈에서 남자가 한 말이 머릿속에 맴돌았어요. 마치, 예언 같았죠.

들어갈 사람은 꼭 들어가게 된다.

꿈이 맞았습니다. 저는 토끼굴로 들어가야만 했지요. 착하고 평범한 내가, 악마 같은 인간 때문에 내키지 않는 일을 해야 하는 겁니다.

토끼굴 입구는 여느 때보다 더 어두웠습니다. 기분 나쁜 어둠. 하지만 저는 주저할 시간이 없어서 두 눈을 질끈 감고 안으로 뛰어들었지요.

숨이 턱 막혀 왔습니다. 내 말을 듣는 당신이 상상하는 것 이상으로 축축하고 더럽고 찐득한 느낌이 공기에 가득했어요. 온몸에 곰팡이가 피어나고 있는 느낌이랄까요. 멀리 있는 출구 쪽 빛만이 희망이었습니다.

저는 거의 뛰다시피 걷고 있었지만, 몸은 마음처럼 움직이지 않았던 것 같습니다. 시간의 흐름이 짐작되지 않을 정도로 이상했어요. 중력이 엄청난 상태? 아니, 그보다는 가위에 눌린 악몽처럼, 도망쳐야 하는데 몸이 마음대로 움직이지 않아서 속이 터져 버릴 것 같은 상황. 축축

한 공기가 내 팔과 다리를 잡고 있었던 걸까요? 아니면 공기가 말캉한 푸딩 같아서 뚫기가 힘들었던 걸까요?

못 믿으시겠죠? 여느 전문가들이 말하듯 '심리적인 문제일 뿐이다?'라고 생각하시는 것 아닙니까?

잠깐 흥분했네요. 다시 이야기하겠습니다. 그때 일을 떠올리는 게 제게는 무척이나 힘든 일이어서요.

이왕 토끼굴에 들어온 이상, 지각을 하지 않기 위해서는 움직여야 했습니다. 빛이 가까워진 걸 가늠하니 중간까지는 온 것 같더군요. 조금만 더 가면 끝이었습니다. 이까짓 거 순식간에 해치워 버릴 수 있었어요. 저는 전력을 다해 달리려고 했지요. 그런데 그 순간 누군가 내 발목을 잡고 뒤로 잡아끌었습니다. 그냥 느낌이 아니라, 정말 누가 잡은 겁니다. 어둠 속이라 형체를 알아볼 수 없었으나 아무리 다른 쪽 팔을 휘둘러 봐도 걸리거나 닿는 게 없었습니다. 그때 남자 말이 떠올랐어요. 한번 들어가면 멈추지 말고 쭉 가야 한다는 말이요. 토끼굴은 일종의 늪이었던 겁니다. 나가지 못하게 하는 무언가가 여기 존재하는 겁니다. 그제야 떠돌이 개가 떠올랐습니다. 왜 까맣게 잊어버리고 있었을까요. 떠돌이 개가 굴에 들어가는 걸 본 뒤로 단 한 번도 그 개를 보지 못했습니다.

"이거 놔!"

저는 소리를 지르고 움직였습니다. 몸을 움직일 때마다 감정이 휘몰아치는 걸 느꼈습니다. 슬픔, 분노, 역겨움……. 신물이 올라와 구역질이 났어요. 어둠이 나를 잡아먹어 내 머릿속을 밖으로 끄집어내려 했어요.

"씨발!"

생일에 뭘 사 주겠다. 열 살이 되면 같이 낚시를 가자. 나와 한 약속은 하나도 지키지 못하고 죽어 버린 아버지. 그저 그런 회사에서 돈도 잘 못 벌면서 무척 바쁘기만 한 능력 없는 엄마. 내 부모는 왜 가난할까요. 내 자전거를 사 주겠다는 약속은 왜 차일피일 미뤄지기만 하는 걸까요. 저는 왜 옆 동네까지 가서 자전거를 훔쳐야 했을까요. 자전거를 타는 내내 누군가 알아챌지도 모른다는 걱정으로 지내야 했고, 도둑질한 자전거가 낡아 빠지자 목숨을 걸고 달리는 차에 뛰어들어야 했습니다. 새 자전거를 살 돈을 마련하기 위해서였죠. 결국 자전거만 망가졌고 차는 그대로 뺑소니치고 말았지만, 저는 그렇게 해야만 했습니다. 양심도 없냐고요? 이건 희생입니다. 희생했지만, 저는 얻은 게 없습니다.

쉽게 자전거를 살 수 있는 애들은 이런 고통과 수고를 감수할 필요가 없잖아요. 왜 나에게만 이런 일이 일어나는 건가요.

자전거, 그까짓 게 뭐냐고요?

내 자존심입니다. 나 자신입니다. 그까짓 자전거 때문에 목숨 걸 정도로 난 개 같은 인간이니까요.

저는 굴속에서 짐승처럼 울부짖었습니다.

평범하고 착한 학생인 내가 묻어 두려 했던 기억이 한꺼번에 뿜어져 나와서 미칠 것만 같았어요. 도둑놈, 개새끼, 비겁한 놈. 학주 말이 다 맞았어요. 아버지는 내가 이렇게 자란 걸 못 보고 죽은 게 다행인지도 모릅니다. 저는 어떤 환경에 놓였든 이런 인간이 되었을 겁니다.

에이, 씨. 그놈의 자전거.

사고가 자꾸 떠오릅니다. 끼이익. 소리. 불빛. 순간적으로 본 당황한 운전자의 얼굴. 가장 참을 수 없는 건 다친 곳이 한 군데도 없었으면서 일부러 죽은 듯 누워 있던 나. 역겨워요. 저는 다 토했습니다. 어디가 벽인지도 모르면서 고개를 돌려 토했습니다. 그리고 깨달았어요.

전 개 같은 인간이 아니라는 걸요.

저는 개만도 못한 인간이었습니다.

동시에 빛을 느꼈습니다. 깨닫자마자 굴을 빠져나왔어요. 그러나 여전히 내 발목은 묵직했습니다.

발목에는 떠돌이 개의 사체가 걸려 있었습니다.

며칠 뒤 우리 집으로 택배가 왔다. 나는 차마 택배를 열어 볼 수 없었다. 그 안에 뭐가 있을지 짐작되었기 때문에.

열지 않은 택배를 소장에게 전달했다. 나는 잠시 책상 정리를 하는 척하면서 소장이 택배를 여는 걸 훔쳐보았다. 택배를 열자마자 고약한 냄새와 함께 검은 비닐봉지에 담긴 물체가 나왔다. 소장은 그것을 살짝 열어서 확인하고 얼굴을 찡그리기는커녕 웃었다. 분명히 웃었다. 입가가 올라간 것을 보았다.

"저는 그럼 다음 의뢰인을 만나고 오겠습니다."

나는 소장이 붙여 놓은 메모지를 흔들며 일부러 큰 소리로 말했다. 소장은 내가 뭐라고 하든 아랑곳없이 자기 책상 뒤쪽 벽에 있는 캐비닛으로 갔다. 아주 설렌다는 표정이었다. 캐비닛에는 비밀번호를 눌러야 하는 자물쇠가 달려 있었다. 비밀번호는 여덟 자리나 됐다.

"아, 가방을 놓고 갔네……."

나는 가방을 잊었다는 것처럼 혼잣말을 하고 되돌아와 소장이 누르는 번호를 보았다. 19331011. 꼭 누군가의 생년월일 같았다. 그 정도는 쉽게 외울 수 있었다.

AMU-096에 찾아가 찍은 사진. 분명 아무도
없었지만 사진 속에 무언가의 형체가 보이는 것 같다.

택배 상자에서 꺼낸 AMU-096-1을 찍은 사진.

AMU-096 : 어둠의 토끼굴

위험도 : S

설명 : ■■■■■ 지역에 위치한 AMU-096은 다른 지역에서도 흔히

볼 수 있는 일명 '토끼굴'이다. 하지만 그곳을 오가는 사람이 전혀

없었는지, 굴 안을 밝히기 위해 설치한 형광등도 이미 고장 난 지

오래였다.

처음에는 AMU-084처럼 에너지를 빼앗는 능력이 있는 장소가

아닐까 생각했지만, 가서 보니 다르다는 걸 알 수 있었다. AMU-

096은 사람들이 마음 가장 깊숙한 곳에 숨겨 둔 외로움, 따돌림,

미움, 증오, 분노와 같은 부정적이고 음험한 에너지를 끌어들이는

곳이었다. 그런 부정적인 에너지들이 독 속에 든 안개처럼 AMU-096

입구에 자욱하게 퍼져 있는 것이 느껴졌다.

발화자 ■■■가 택배로 보낸 AMU-096-1은 AMU-096이 잡아먹은

희생물이자, AMU-096의 조각이다. 분명 비닐봉지 안의 희생물은

움직임을 멈춘 지 오래지만, 비닐봉지 안에 갇혀 있는 부정적 에너지는

또 다른 희생자를 찾고 있었다.

그 때문에 AMU-096-1은 지금까지도 꿈틀거림을 멈추지 않고 있다.

활용 방안 : AMU-096-1은 크기는 작지만 그 효과는 AMU-096과

동일하다.

8. 웃음소리

    그날 밤 나는 혼자 사무소로 갔다. 소장이 사무소에 싱주하지 않을 때가 많아서 나는 늘 열쇠를 가지고 다녔다. 가뜩이나 아무도 없는 낡은 건물을 밤에 보니 을씨년스럽기만 했다. 그래도 내 호기심이 먼저였다. 캐비닛을 열던 소장의 표정은 크리스마스트리 밑 선물을 열어 보는 어린아이 같았다.

    도대체 뭐가 들어 있기에.

    평소 소장은 친절했지만 감정을 읽을 수는 없는 정형화된 친절을 가지고 있었다. 마치 친절한 얼굴 가면을 쓰고 있는 것처럼. 하지만 아까 본 소장의 표정은 진짜였다. 보자마자 알았다. 그가 순간적으로 내보인 진짜 감정이라는 걸.

    19331011.

비밀번호를 입력하고 캐비닛을 천천히 열었다. 스마트폰 플래시를 비추자 안에 있는 것들이 또렷하게 보였다. 친구 아리를 찍어 다른 영혼을 불어넣은 카메라, 뒤집어 입어 도플갱어를 만나게 한 티셔츠, 거식증에 걸린 듯한 소녀가 건넨 약통, 바람 길을 만들고 사람들의 에너지를 빼앗던 바람개비, 그리고 지독한 냄새.

내가 아는 물건들을 차례로 확인하고, 냄새가 나는 쪽을 비춰 보았다. 내 예상대로 그건 개였다. 꼭 박제를 한 것처럼 굳어 있는 더러운 개가 금방이라도 살아나서 나를 보고 짖을 것만 같다.

"악!"

나는 너무나 놀라서 얼른 캐비닛 문을 닫았다. 그 바람에 스마트폰을 떨어뜨렸다. 다행히 플래시가 꺼지지는 않아서 어둡지는 않았다. 빛은 천장을 비췄다. 아직 안 닫힌 캐비닛의 한쪽 문으로 다른 물건들이 보였다. 평범해 보이는 야구 모자, 손잡이가 황금색인 검은 우산, 꽃병에 꽂힌 장미 조화, 신발 한 짝. 맨 위 칸에는 빨간 지갑. 정체를 알 수 없는 물건들이 정성껏 진열되어 있었다. 딱 봐도 물건이 가장 잘 보이도록 방향을 설정하여 놓은 것이 꼭 백화점 쇼윈도를 보는 것 같았다. 설레는 표정으로 그걸 진열했을 소장을 떠올리니 소름이 돋았다. 물건들은 평범해 보였지만 나는 알았다. 내가 가져다 준 다른 물건들처럼 저마다 이상하고 괴상한 사연들을 지니고 있을 것이다. 이것이 소장의 기이한 취미 생활인 것이다. 이 모든 일들이.

나는 조심스레 캐비닛을 열었다. 그리고 한 가지 물건을 꺼낸 뒤 준비해 온 물건을 대신 캐비닛에 넣었다.

다음 날, 10시에 출근했다. 소장은 없었다. 나는 눈으로 사무소를 훑으며 간밤에 내가 다녀간 흔적이 전혀 없다는 걸 확인했다. 캐비닛 문도 잘 닫혀 있었고 의자나 책상 위 물건도 어제 내가 퇴근했을 당시와 달라진 점이 없었다.

간밤에 꿈을 꿨다. 소장이 손가락으로 나를 가리키자, 그가 수집한 물건들이 괴물이 되어 나를 쫓아왔다. 정신없이 내달려 겨우 도망쳤다고 생각했을 때, 눈앞에 개가 나타났다. 썩어 문드러져 고약한 냄새를 풍기는 죽은 개. 새벽에 꿈에서 깨어났어도 그 여운이 남아 아침이 될 때까지 잠을 못 이루었다. 내가 저지른 짓이 잘한 일인지 잘못한 일인지 확신이 없었다.

하지만 완벽했다. 소장은 내가 캐비닛을 열어 본 걸 모를 것이다.

"역시 그저 악몽이었어."

나는 다소 가벼워진 마음으로 책상 위에 놓인 메모를 확인했다.

오후 1시.

ㄷ 터미널 앞 해피해피 분식.

메모에 적힌 시간까지는 여유가 있었다. 나는 컴퓨터를 켜고 아무 사무소에 대해 검색해 보기 시작했다. 아무래도 뭔가가 찜찜했기에. 예상대로 별다른 내용은 없었다. 혹시나 해서 주소로 검색을 해 보았다. 다른 상호 명으로 등록되어 있을 수도 있다는 생각에서였다.

이번에는 눈에 띄는 내용이 나왔다. 소장이 올린 구인 공고였다. 10대 아르바이트 학생을 원하는 공고. 단순한 사무 및 업무 보조. 나 말고 아르바이트 인력을 또 뽑는 걸 수도 있었지만 낯설지 않은 문구에 흔들렸다. '만으로 스무 살이 안 된 10대 여자일 것', '방과 후 아르바이트로도 가능', '평범하고 흔한 사람이어야 할 것'.

똑같았다. 처음에 내가 보고 온 구인 공고와 일치했다. 공고를 올린 시각은 오늘 새벽 3시. 느낌이 이상했다. 간밤에 내가 캐비닛을 열고 물건 하나를 꺼낸 걸 눈치챈 걸까? 밤에 다시 이곳에 왔다가 내가 건물에서 나가는 것을 보았다면? 악몽은 나에게 힌트를 주고 있었던 것이다. 조심하라고 경고장을 보낸 격이었다.

그때 갑자기 문이 벌컥 열리더니 소장이 들어왔다. 소장은 아무렇지도 않은 얼굴로 말했다.

"좋은 아침이군요. 언제나 최선을 다해 주기 바랍니다."

꼭 마지막까지 최선을 다해 일하라는 말처럼 들렸다. 역시 나를 해고하고 대신할 인력을 뽑고 있었던 것이다. 그런데 해고 통보를 이런 식으로 한단 말인가. 고등학생이 벌기에는 꽤나 괜찮은 벌이였기에 지원자가 많으리라는 건 충분히 예상할 수 있었다. 이미 면접을 볼 후보들이 정해졌고 내가 1시에 해피해피 분식으로 갔을 때 면접을 진행할 것 같았다.

소장이 내가 캐비닛을 열어 봤다는 걸 모를 수도 있었다. 하지만 나를 해고하려는 건 사실 같았다. 바람개비에 손댔다는 걸 알고 화를 냈을 때, 그때 이미 나를 자르겠다고 생각했을 수도 있었다. 원래 아르바이트생을 짧은 주기로 교체하는 방법으로 기이한 일들에 대한 소문을 차단하는지도 몰랐다.

어쩌다 보니 이번 해피해피 분식 건이 마지막 일이 되어 버렸다. 수상한 소장에게서 탈출하는 일이니 후련해야 맞는데, 섭섭한 마음도 함께 들었다. 그저 소장에게 정리한 글과 물건을 잘 전달하는 걸로 끝내고 싶지 않았다. 그동안 만나거나 연락한 아이들이 자꾸 생각났다. 나에게 숨기고 싶었던 사연을 털어놓으면서 조금이나마 위로를 받았길 빌었다. 나의 진심이 그들이 편해지는 것에 도움이 될 수 있길. 간절한 마음으로 아무 사무소를 찾았을 그 아이들을 생각하면 이상하게 서글퍼졌다.

해피해피 분식집은 ㄷ 터미널 바로 옆에 있었다. 그 여자아이는 약속 시간보다 5분 지나서 헐레벌떡 분식집 앞으로 달려왔다.

"아무 사무소? ……맞아요?"

"예……. 왜 이렇게……."

여자아이는 허리를 굽히고 숨을 헐떡였다. 얼마나 급하게 달려왔는지 헛구역질까지 했다. 체구가 아주 작은 여자아이였다.

"고속버스가…… 좀 늦게 도착했거든요. 죄송해요, 늦어서."

"멀리서 왔나 봐요."

나는 일단 여자아이를 분식집 안으로 데리고 들어갔다.

"그렇게 멀진 않은데, 제가 사는 데가 시골이라서요. 버스 타고 터미널로 가서 고속버스 타고 왔어요."

"아. 그러면 더 가까운 쪽에서 만날 걸 그랬나 봐요."

나도 버스를 타야 하는 건 마찬가지였지만 또래여서인지, 아니면 마지막 일이라 생각해서인지 마음이 쓰였다. 그래서 음식을 거하게 시켰다. 떡볶이와 김밥, 튀김, 순대에 어묵까지. 어차피 소장에게 청구하면 되니까.

"와, 저 이거 다 못 먹어요. 그런데 맛있긴 하겠다. 잘 먹겠습니다!"

여자아이가 음식들을 보고 침을 꿀꺽 삼켰다. 상대를 기분 좋게 하는 발랄한 분위기를 가진 아이였다. 여태까지 만나 온 아이들과는 사뭇 달랐다.

"그런데…… 무슨 일이 있었던 거예요?"

음식을 반 이상 먹고 먹는 속도가 줄었을 즈음 나는 이야기를 꺼냈다. 순간 여자아이의 해맑은 발랄함이 싹 사라지고 얼굴에 어둠이 깔렸다.

"그게…… 귀신을 봤어요."

귀신이라고 말하는 여자아이의 입술이 파르르 떨렸다. 거짓말 같지는 않았다. 귀신 이야기가 거짓말이 아니라는 사실 자체가 소름 끼쳤다. 그 아이는 말하는 내내 공포에 질려 아무것도 먹지 못했다. 음식을 다 먹은 뒤에 이야기를 꺼냈어야 했다.

밤이었다. 처음 웃음소리가 들린 건.

우리 집에서 가장 늦게 자는 건 늘 나였다. 낮에 친구들에게 부탁 받은 일을 처리하느라 어떤 날은 밤을 꼬박 새는 일도 있었다.

"공부를 그렇게 해 봐라, 공부를."

엄마는 내가 코바늘로 뜨개질을 하고 있는 걸 못마땅해 했다. 아이들이 부탁한 파우치나 가방 따위를 만들어 내는 건 즐거운 일이었고, 적은 금액이나마 값을 받았기에 용돈 벌이도 되었다. 그런데 재미있는 건 처음 내게 뜨개질을 권한 사람이 바로 엄마라는 거였다. 엄마는 내가 지나치게 활발하여 산만할 지경이라며 앉아서 하는 취미로 뜨개질을 추천했다. 그래서 시작한 뜨개질이 이제는 제법 잘할 정도가 되어서 판매까지 가능하게 되었다.

아이들은 어쩜 그렇게 손재주가 좋으냐고 부러워했고 나는 그게 뿌듯했다. 오늘 의뢰받은 그물 가방을 완성해서 가지고 가면 다들 예쁘다고 환호할 것이다. 우리 반 아이가 엄마의 생일 선물로 주문한 것이었는데 작은 꽃을 달아 달라고 했다. 시간은 벌써 새벽 1시. 이제 꽃을 만드는 작업만 하면 끝이었다.

막 꽃을 만들어서 달려는 순간, 그 웃음소리가 들렸다.

"꺄아하하하!"

여자의 날카로운 웃음소리. 찢어지는 고음이 어딘가 섬뜩했다.

"누구지?"

아파트였다면 다른 집 사람이 낸 소리였겠거니 할 수 있었을 테지만 우리 집은 전원주택이었고 근처에 다른 집은 단 한 집밖에 없었다. 그 집에 손님이라도 온 걸까? 하지만 이 한밤중에? 뭔가 소름 끼쳤지만 어른들이 술판이라도 벌이고 있나 싶어서 대수롭지 않게 넘기기로 했다.

하지만 그 다음 날도 어김없이 새벽에 웃음소리가 들리자 뭔가 이상하다는 생각이 들기 시작했다.

"그 집? 글쎄. 그 집 불 꺼져 있던데?"

엄마는 지금 그 집엔 아무도 없다고 했다.

옆집은 어떤 아저씨가 쓰는 별장 같은 곳이었다. 혼자 나타나 몇 날 며칠씩 거기 머물다가 사라지곤 했다. 꽤나 유명한 사람이라는데 나는 얼굴도 본 적이 없었다. 우리는 이 집으로 이사 온 지 보름밖에 안 되어서 옆집에 대해서는 거의 몰랐다. 부동산 아저씨가 유명한 사람이라고 해서 그런가 보다 하는 거였다.

"그 집? 연예인 아저씨가 산다는 곳?"

친구 민하는 내 한탄에 눈을 동그랗게 뜨고 말했다.

"연예인인지 아닌지 모른다니까."

"아냐. 분명히 연예인일 거야. 아니면 별장을 두고 살 정도로 돈이 많을 리가 없어. 배우가 분명해. 영화를 안 찍을 때는 별장에서 쉬는 거지."

민하는 진지했다.

"그 아저씨가 배우라면 그 웃음소리도 설명이 돼. 다른 배우와 연기 연습을 하는 거 아닐까? 상대 여자 배우가 사이코패스 역할이어서 그렇게 웃는 거야."

"설마."

민하의 추리가 그럴싸하기는 했지만 그건 그 아저씨가 배우라는 전제하에 가능한 것이었다. 게다가 현재는 불이 늘 꺼져 있는 빈집이었다.

"아주 비밀리에 연습해야 하는 거라서 불을 끄고 있을지도 몰라. 웃음소리가 또 들리면, 손전등이라도 갖고 가 보면 어때? 뭐라도 볼지 누가 알아?"

"뭐? 그건 사생활 침해잖아."

"그래도 궁금하잖아. 시끄러워서 와 봤다고 하면 되지. 내가 주말에 너희 집 가서 잘까? 같이 알아보자!"

"야!"

민하는 입을 삐죽이더니 곧 다른 화제로 이야기를 돌렸다. 아무래도 정말 연예인이라고 믿는 것 같았다.

그날 밤도 역시나 새벽이 되자 이상한 소리가 들리기 시작했다. 처음에는 웃는 소리 같았지만 곧 우는 소리처럼 들리기도 했다. 문득 낮에 민하가 한 이야기가 떠올랐다. 직접 가 보라는 말.

나는 어느새 잠옷 위에 겉옷을 걸쳐 입고 있었다.

"괜찮아. 이건 불법이 아니잖아. 그냥 도둑이 든 건지도 모르니까 확인해 보는 거야."

나는 거울을 보면서 정당화했다. 혹시나 아저씨가 왜 남의 집을 엿보냐고 화라도 내면 할 변명이기도 했다.

"아하하하하아아아. 아아아아."

가까이 다가갈수록 소리는 울음소리에 가깝게 들렸다.

어떤 여인의 한 섞인 울음소리. 옆집은 우리 집보다 약간 언덕진 곳에 있어서 오르막길인 데다가 긴장해서 다리에 힘까지 들어갔다. 그다지 먼 거리도 아닌데 벌써 다리가 아픈 것도 같았다.

옆집 앞에 다다르자 소리가 뚝 멈췄다. 잠시 그 자리에 서서 귀를 기울였지만 아무 기척도 느껴지지 않았다. 그냥 돌아갈까 하는데 갑자기 다시 소리가 들리기 시작했다. 이번에는 웃음소리였다. 나는 깜짝 놀라 순간적으로 소리가 나는 쪽에 손전등을 비추었다.

"악!"

내 몸속에서 소리가 절로 튀어나와 얼른 입을 틀어막았다. 그 바람에 손전등을 떨어뜨리고 말았다. 하지만 여자는 못 들었는지 여전히 웃고 있었다. 웃음소리가 나는 쪽으로 손전등을 비췄을 때, 나는 보았다. 순간 보였던 한 여자의 옆모습. 안이 어두워 잘 보이지 않았지만 분명히 그 실루엣을 보았다. 여자는 입을 아주 크게 벌리고 입이 찢어져라 웃고 있었다. 괴이하고 소름 끼치는 광경이었다.

황급히 손전등을 주워서 껐다. 또다시 웃음소리가 멈추었다. 내가 온 걸 알아챈 걸까? 조심스럽게 창가에 기대어 안을 들여다보았다. 집 안은 불이 꺼져 있었고 어두워서 안이 잘 보이지 않았다. 아까 내가 본 게 진짜인지 아닌지 확인할 길이 없었다. 그때 눈이 어둠에 익숙해졌는지 뭔가가 보였다. 사람? 하지만 전혀 움직이지 않았다. 자세히 보니 인형이었다. 아니, 마네킹이었다. 누군가 녹음된 소리를 알람처럼 틀어 놓고 장난을 친 것 같았다.

"괜히 놀랐네……."

그때였다. 느닷없이 마네킹 머리가 움직여 내 쪽을 돌아보았다.

"악!"

그 뒤는 기억이 뒤죽박죽이었다. 그저 정신없이 달려와 집까지 온 기억뿐이었다.

여자아이에게 들은 내용을 다 정리하고 나니 밤늦은 시각이었다. 내가 음료수를 사 준다고 했지만 여자아이는 버스 시간 때문에 가야 한다고 마다했다. 사실은 그저 조금이라도 빨리 벗어나고 싶었을지 모른다. 여자아이가 준 물건은 손전등이었다. 떨어뜨렸을 때 생긴 것인지 반쯤 금이 가 있었고 긁힌 흠집이 크게 나 있었다. 아무리 봐도 찜찜한 물건이었다.

손전등을 넣기 위해 주방으로 가서 위생 비닐봉지를 꺼냈다. 불 꺼진 거실의 소파에는 엄마가 누워 있었다. 텅 비어 있는 거실을 텔레비전 불빛이 채웠다. 엄마는 또 뉴스를 보고 있었다.

요즘 엄마는 멍한 얼굴로 뉴스만 봤다. 뭔가 보고 싶은 소식이라도 있는 것처럼 집요하게 뉴스만 찾아 틀었다.

"뭐야, 들어가서 자든가."

나는 투덜거리며 비닐봉지를 가지고 방으로 들어가려다가 기자의 목소리에 걸음을 멈추었다.

"소녀의 사체는 앙상하게 뼈만 남아 있어 의구심을 자아내고 있습니다. 부검 결과 이상 소견 또한 없었던 것으로 밝혀져……."

뼈만 남아 있다는 대목에서 찝찝하고 더러운 기분이 들었다. 단지 그 모습이 상상되어서가 아니라 익숙함 때문이었다. 다이어트를 한다고 제로 콜라를 먹으며 퀭한 얼굴로 자기 이야기를 하던 그 여자아이.

나는 얼마 전 들었던 다른 뉴스도 떠올렸다. 실종된 소녀. 엄마가 나를 돌아보는 대신 눈을 떼지 못하고 보고 있던 그 뉴스.

방으로 들어간 나는 먼저 실종된 소녀에 대해 검색해 보았다. 고등학생. 사진부 활동 중 사라짐. 하필 사진부라니, 설마.

물건을 소장에게 넘기면 다 편해진다고 하지 않았던가. 정말 그 아이들이라면, 왜 상황이 나빠진 걸까? 소장은 거짓말을 하고 있었다. 처음부터 그 애들을 위해 물건을 모으는 게 아니었다. 캐비닛에 있는 물건들을 보던 소장의 눈빛은 개인적인 욕망으로 들끓고 있었다.

내 예감은 정확히 말하고 있었다. 뉴스에 나온 아이들이 내가 만나고 편지를 받았던 바로 그 아이들이라고. 경찰에 신고를 할까? 언론사에 제보를 할까? 하지만 말한다고 해서 누가 내 말을 믿어 줄까? 캐비닛에서 꺼내 빼돌린 물건에서 그 아이의 지문이 나오면 증거가 될까? 오히려 내가 이상한 누명이라도 쓰게 되는 건 아닐까?

밤에 몇 번이나 깨면서 잠을 못 자고 고민했지만 다음 날 오전까지도 결정할 수가 없었다. 사고를 당한 아이들이 의뢰인들과 동일인이라는 것도 순전히 내 짐작일 뿐이었다.

결국 난 아무 일도 없다는 듯이 아무 사무소로 가서 손전등을 주고 사연을 정리한 원고를 소장에게 내밀었다.

"이거 정말 의뢰인이 준 물건 맞습니까?"

소장이 의아하다는 표정으로 물었다. 내가 준 사연을 재빨리 훑어가며 읽더니 표정이 더 심각해졌다.

"가짜군요."

"예? 하지만 소장님이 만나라고 한 사람이 맞는데요."

"느껴지긴 했지만 역시 아니었나 봅니다. 어쩐지 스위치를 켠 기억이 없는 아이였는데……."

소장이 중얼거렸다. 스위치? 무슨 스위치?

"정말 이건 아니야. 스위치에 의한 발화도 아니고…… 물건의 주인이 스스로 발화시킨 것도 아니야……."

소장은 생각에 깊이 잠긴 듯 계속 알 수 없는 이야기만 했다. 손전등을 만지작거리며 자꾸 들여다보더니 끝내 휴지통에 던져 버렸다. 캐비닛에 넣은 것이 아니라. 내가 받은 마지막 물건이었는데…… 나는 아쉬움에 휴지통 쪽을 물끄러미 바라봤다. 어차피 마지막 날이니까 모른 척 이대로 조용히 물러나는 게 맞을 것이다. 더불어 불안한 마음이 나를 짓눌렀다. 소장은 물건이 진짜인지 가짜인지 가릴 수 있는 듯했다. 캐비닛의 물건들을 확인해보기라도 한다면 내가 한 가지를 빼돌린 것을 눈치챌 터였다.

"저기 그럼 저는 이제……."

"아! 오늘은 그냥 퇴근하십시오. 내일 뵙겠습니다. 내일은 일이 많을지도 모르겠군요."

소장이 말했다. 오늘이 마지막 날이 아니라는 건가? 나를 해고하지 않을 셈인가? 다행이라는 생각과 불안한 마음이 뒤엉켰다. 소장과 의뢰인, 물건과 기이한 사건들. 그리고 아무 사무소. 도망치고 싶으면서 동시에 개입하고 싶은.

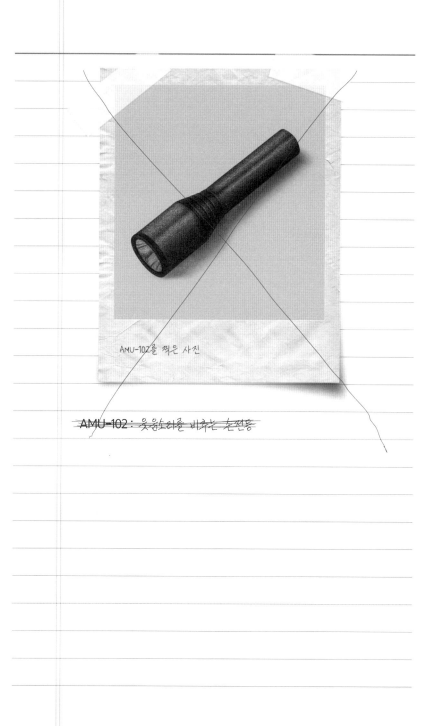

AMU-102를 찍은 사진

~~AMU-102 : 웃음소리를 비추는 손전등~~

9. 새 알바

"안녕…… 하세요."

사무소에 들어서자마자 내 자리에 앉아 있던 누군가가 쭈뼛쭈뼛 일어서며 인사를 했다. 앞머리가 길어 눈을 반쯤은 가린 단발머리 여자아이였다.

"누구……?"

"새 알바인데요."

"아."

방심했다. 역시 소장은 나를 내쫓을 작정이었던 것이다. 오늘 일이 많을 거라고 했던 게 바로 인수인계였던 것이다.

"오늘은 외근이 없으니 서류 정리를 좀 해 주십시오."

소장은 다른 일을 지시했다.

"인수인계는요?"

"인수인계라뇨?"

소장이 되물었다. 동시에 새 아르바이트생이 어깨를 으쓱했다.

"오해를 했군요. 일이 많아져서 추가 인력을 뽑은 것뿐입니다."

그렇게 말하니 할 말이 없었다. 의심스럽지만 일단 믿는 수밖에. 새 아르바이트생은 소장의 말에 힘을 실어 주려는 듯 고개를 끄덕였다.

"그래요? 이름이 뭐예요?"

"예? 제 이름요?"

새 아르바이트생이 크게 당황했다. 별걸 다 물어본다는 듯이. 내가 이름이 아니라 은밀한 사생활이라도 캐물은 것 같은 반응이었다.

"제가 뭐라고 부를지 물어본 거예요."

"저는 그냥 언니라고 부를게요. 언니는 말 놓으세요."

이상한 애였다. 내가 부를 이름을 물었는데 자기가 날 뭐라고 부를지 말해 주었다. 내가 자기보다 언니인지 아닌지도 모르면서. 재차 물어보기가 피곤했다. 그래서 그냥 아예 명칭을 안 부르기로 결심해 버렸다.

"보조 업무나 심부름 등을 맡기면 됩니다. 앞으로 더욱더 바쁘게, 여러 장소로 나가 사연을 받게 될 테니 두 분이 따로 움직이셔야 합니다. 내일은 외근 업무에도 데리고 가서 가르쳐 주세요."

사실은 인수인계면서 대놓고 나를 속이는 것인지, 아니면 정말 소장의 말이 진실인지 알 수가 없었다. 그러나 일단 시키는 대로 해 보기로 했다. 소장의 기이한 수집이 어떤 것인지 알아내는 게 지금의 나에게는 더 중요한 일이었다.

나는 소장이 외출한 사이 새 아르바이트생과 이야기를 나눠 보기로 했다. 좀 답답한 성격이긴 해도 또래니까 친해지면 힘을 합칠 수도 있을 것이다.

"몇 살이에요?"

"17살이요."

다행히 이번에는 순순히 나이를 가르쳐 주었다.

"내가 진짜 언니네. 일은 간단해. 소장님이 만나라고 한 사람을 만나고 이야기를 듣고 녹음해서 정리하면 되거든. 이야기와 관련된 증거 물품도 받아 오고. 보통 우리 또래 아이들이야."

"아, 그래요? 할 수 있어요."

새 아르바이트생은 대수롭지 않게 말했다. 듣게 될 이야기가 어떤 이야기인지 모르기 때문에 저렇게 말하는 것이다.

"그런데…… 그게 참 이상한 이야기거든. 정말 이상하고 기분 나쁜 이야기뿐이야."

"네."

새 아르바이트생은 별 반응이 없었다. 시키는 건 별 의심 없이 다 한다는 건가? 무척 수동적이네.

"넌 궁금하지도 않아? 어떤 이야기일지?"

"글쎄요. 어차피 알바일 뿐이잖아요."

"아."

내가 숨죽이며 진지하게 말하는데도 새 아르바이트생은 전혀 관심이 없었다. 매사에 관심 없는 평범한 10대였다. 답답하게도.

이게 엄청난 사건인 걸 알게 되면 태도가 바뀌리라 기대하며, 솔직히 말하기로 했다. 이런 애는 처음부터 휘말리지 않는 편이 나을 수도 있었다.

나는 카메라를 보낸 아이의 실종에 대해 이야기했다. 다이어트 약을 먹은 아이와 그 아이의 죽음까지도. 하지만 이야기를 마치자 새 아르바이트생은 도통 이해가 안 된다는 얼굴로 나를 빤히 바라봤다.

"그런데 그게 저랑 무슨 상관이에요?"

"뭐?"

아. 머리가 멍해졌다. 이런 반응을 보일 줄은 상상도 못 했다. 더 말해 봤자 시간 낭비일 뿐이라는 걸 깨달았다. 남에게는 도통 관심이 없는 아이인 것이다.

"못 들은 걸로 해. 글은 좀 쓰니?"

"그냥 옮겨 적기만 하면 되는 거 아니에요?"

"소장님은 생생하게 전달되길 원하셔. 그러니까 거기에 맞게……"

"아, 복잡해. 짜증 나게."

새 아르바이트생이 중얼거렸다. 나는 못 들은 척했다. 어차피 그건 나를 향한 짜증이 아니었다. 나도 입에 달고 사는 말이니 그냥 쟤도 말버릇처럼 그렇게 말한 것뿐이다. 흘려듣고 말면 그만이었다. 그러고 보니…… 나도 어쩌면 이 아이와 비슷했다. 남의 일에 신경 쓰기 싫어하고, 내 일도 귀찮아하기 일쑤였다. 언제부터인가 나도 모르게 의뢰인들의 이야기에 관심이 가기 시작했을 뿐.

"어쨌든 최대한 잘 써 보도록 해."

"알았어요."

시큰둥하게 대답하던 새 아르바이트생이 갑자기 나를 돌아봤다. 눈빛이 달라져 있었다.

"그런데 언니, 언니는 왜 휴학했어요?"

"응?"

뜻밖의 질문이라서 놀랐다. 생각해 보면 이상한 질문도 아니었는데 남에게 관심 없는 이 아이에게는 어울리지 않았다.

"그게 왜 궁금한데?"

"그냥요. 그냥 한번 물어본 거예요."

새 아르바이트생은 어깨를 으쓱하더니 내가 정리했던 파일들을 훑어보았다. 그 아이가 내가 쓴 글을 읽으니 기분이 묘했다. 한참 동안 나는 괜히 사무실을 청소하는 척하며 그 아이를 힐끗 힐끗 쳐다봤다. 다른 사람의 반응이 궁금했다. 내용도 그렇지만 내 글솜씨에 어떤 반응을 보일지가 묘하게 신경 쓰였다.

"어때?"

"신기한 일이네요. 그런데 언니, 언니도 혹시 이런 일이 있었던 적 있어요?"

"왜 그런 걸 물어봐?"

이상하게 화부터 났다. 그래서 차가운 말투로 톡 쏘고 말았다. 새 아르바이트생은 당황했다.

"내가…… 뭐 잘못 물어본 거예요?"

"아니야."

나도 왜 화가 났는지 의아했다. 다른 것에는 관심도 없으면서 나에게만 질문을 하는 이 아이가 싫었다. 아니, 원래 이 아이 자체가 싫었다. 이 아이에게서 내가 보였다. 내가 인정하고 싶지 않은 내 모습이 보여서 불편했다.

소장은 왜 이런 아르바이트생만 뽑는 걸까. 평범한 외모와 성격, 어디에나 있을 것 같은 그런 여자애. 바람개비를 확인해 봤다고 했을 때, 소장은 내가 다른 사람 일에 관심이 없어 보여서 채용한 거라고 분명히 말했다. 하지만 이제 나는 관심이 생겼다. 이상한 일들을 겪은 아이들이 어떻게 될지도 궁금했다.

그러고 보니 새 아르바이트생이 예전의 나와 정말 닮았다면 나에 대해 궁금해 할 리가 없었다. 남이 뭘 어찌 생각하든 상대의 기분 따위는 관심 없어야 정상이니까.

소장이 시킨 것이다. 아니라면, 굳이 나에게 저런 질문을 할 리 없었다.

역시 소장은 알고 있는 걸까. 내가 캐비닛을 열어 보았다는 것을. 소장이 물건을 확인하기 전에 도망쳐야 하는데, 어쩐 일인지 나는 또 출근해서 아무 사무소에 앉아 있었다.

소장의 외출은 웬일로 길었다. 내가 외근을 나가 있는 동안 소장은 늘 사무실에 머무르는 줄 알았는데 그게 아니었을 수도 있겠다는 생각이 들었다. 나처럼 여기저기 다니며 뭔가를 바쁘게 했을 것이다. 그게 무슨 일인지는 모르겠지만.

내가 쓴 글을 모두 읽어 본 뒤에 새 아르바이트생은 천천히, 아주 천천히 사무실을 청소하기 시작했다. 그러다 보니 대충 퇴근 시간이 되었다.

"이제 가도 돼요?"

"응."

오늘은 소장 말처럼 바쁜 하루라기 보다는 당황스러운 하루였다. 아무 사무소를 다른 누군가와 공유하게 될 줄은 몰랐는데, 그게 꽤나 신경 쓰이고 피곤한 일이었다. 집에 가면 바로 침대에 들어가 잠들고 싶었다.

"언니는 어느 동네 살아요?"

"왜?"

"같은 방향이면 같이 가게요."

"싫어."

싫다고 하면 물러설 줄 알았다. 원래 다들 그러니까. 집에 같이 가는 걸로 구구절절하게 매달리는 아이가 요즘 어디 있단 말인가. 스토커의 집착이 아닌 이상. 하지만 새 아르바이트생은 물러서지 않고 씩 웃었다.

"왜요? 친해지면 좋잖아요."

저 아이가 웃는 순간 확실히 알았다. 모든 행동이 거짓이었다. 입은 웃고 있는데, 눈은 웃고 있지 않았다. 연기하는 가짜 웃음. 소장이 보낸 스파이가 맞았다.

"미안. 오늘은 약속 있어. 내일 같이 가자."

또 거절하면 달라붙을 게 뻔했다. 그래서 친절하게 굴기로 했다. 나도 웃었다. 입만 웃었지만 새 아르바이트생은 알아채지 못했다. 같이 나가자며 가방을 챙기는 저 아이를 두고 나는 계단을 두 칸씩 뛰어 내려갔다. 마침 버스 정류장으로 들어오는 버스 한 대가 보였다.

집으로 가는 버스는 아니었지만 일단 올라탔다. 버스가 출발하고 나서야 새 아르바이트생이 건물을 빠져나와 서서 두리번거리는 게 보였다.

버스를 타고 한참을 그냥 갔다. 한 번도 안 가 본 동네로 갔지만 겁은 안 났다. 어디서든 내려서 반대편에서 같은 버스를 타면

돌아갈 수 있었다. 하지만 소장이 작정하고 새 아르바이트생을 스파이로 고용한 거라면 이미 내 주소를 알려 줬을 수도 있었다. 처음 제출했던 이력서에는 우리 집 주소가 고스란히 적혀 있었다.

집에 도착했을 때, 집 앞에 새 아르바이트생이 먼저 와서 웃고 있는 상상을 해 보았다.

"언니 이제 와요? 왜 이렇게 늦었어요."

소름 끼치는 전개였다. 그래서 버스를 타고 한참을 갈 수밖에 없었다.

해가 지고 나서야 집으로 돌아왔다. 아무 사무소에서 가장 가까운 정류장의 전 정류장에서 우리 집으로 가는 버스를 갈아탔다. 은행 앞 정류장에서 내려서 3분 정도 걸어 올라가야 우리 아파트였다. 나는 몇 번이고 새 아르바이트생을 만나는 장면이 떠올라 소름이 돋았다.

"언니, 언니도 이 동네 살아요? 나돈데. 우아, 신기하다."

이런 대사를 치며 나를 노리는 그 아이.

그런데 집 앞에는 다른 사람이 있었다.

"이제 오나요? 늦었군요."

친절하게도 소장이 직접 나를 맞아 주었다.

AMU-012를 찍은 사진.

AMU-012 : 꼭두각시 줄

위험도 : B(사용자가 방법을 안다면 언제든 통제 가능)

설명 : AMU-012는 구체 관절 인형이 달려 있는 꼭두각시 줄이다.
어떤 조건을 충족할 시, 줄에 달려 있는 인형이 실제 살아 있는
사람의 모습과 똑같이 변하며, 그 사람을 조종할 수 있게 된다.
그 조건은 다음과 같다.

1. 하루하루 자신의 의지와는 상관없이 무기력하게 살아가는 사람을 찾는다.

2. 그 사람의 ■■■■, ■■, 그리고 ■■ 한 방울을 확보한다.

3. 2번의 재료들을 ■■■■■■ → ■■■ → ■■■■■■■의 과정을 거쳐 정제한다.

4. 3번의 결과물을 인형의 심장에 넣는다.

활용 방안 : 새 아르바이트생으로 쓰려고 인형을 만들었지만, AMU-012를 사용해 조종받는 사람은 감정이 없어지기에 발화자와 만나고 진술서를 쓰는 등 복잡하고 감정적인 업무를 맡기기는 어렵다. 간단한 임무를 맡길 때 사용하는 것이 좋다.

10. 자연 발화자

"왜······."

"오늘은 참 바빴습니다. 모아 양도 그랬나요?"

소장이 내 이름을 처음으로 불렀다. 그전까지는 내 이름을 전혀 모르는 사람처럼 행동했다. 호칭 자체를 붙이지 않고 일을 지시해 왔던 것이다.

"새 알바······. 그 애에게 일을 가르쳐 줬어요."

그러고 보니 난 아직도 새 아르바이트생의 이름을 몰랐다. 물어봐도 대답은커녕 딴소리만 했던 그 애가 새삼 원망스러웠다. 소장 앞에서 그 애 이름도 모른다는 걸 들켜 버린 게 싫었다. 이름을 말해 줄 때까지 집요하게 캐물을걸. 역시 난 그 애가 싫었다.

"들었습니다. 아주 잘 가르쳐 주었다고요. 그보다 정말 놀랍네요. 자연 발화자라니. 여태 수많은 발화를 부추겼지만, 처음 봅니다."

"자연…… 뭐요?"

소장은 바로 대답하는 대신 자신의 검은 재킷 깃을 단정하게 매만졌다.

"세상에는 가끔 미스터리한 일이 일어납니다. 외계인이 그렸다고 생각하는 미스터리 서클부터 버뮤다 삼각 지대에서의 실종, 죽음의 순간 살아나거나 삶의 순간 느닷없이 찾아오는 죽음까지. 말도 안 되는 것 같은데 진실이라고 말하는 해외 토픽들. 그중에는 자연적으로 일어난 일도 있고 저 같은 사람이 켠 스위치에 의해 발화된 경우도 있지요. 아, 발화라는 건 제가 붙인 비유일뿐이지 정말 불씨가 일어난다는 건 아닙니다. 관찰하다 보면 정말 그런 느낌이거든요. 갑자기 확 불타오르는."

"스위치?"

어제도 소장은 스위치에 대해 말한 적이 있었다. 옆집의 이상한 웃음소리를 제보한 아이에게는 스위치를 켜지 않았다면서.

"그 아이를 만나라고 한 건 분명한 기운을 느꼈기 때문입니다. 하지만 손전등은 '물건'이 아니었고 그 주인도 발화자가 아니더군요. 그래서 직접 그 장소에 가 보고 왔습니다. 확실히 알기 위해. 이 애매모호한 느낌의 정체를 파악하기 위해서 말입니다."

"그런 이야기를 왜 저한테 하시는지 모르겠어요. 저는 그저 시키신 일을 그대로 했을 뿐인데요."

불길했다. 불안했다. 소장이 무슨 말을 할지 두려웠다.

"아니. 모아 양은 이미 알고 있습니다. 알고 있어서 이 대화가 불편한 겁니다."

소장의 말대로 더는 대화하기 싫었다. 말하고 싶지 않았다. 내 머리만 어지러울 뿐이었다. 가려 두었던 창고 안의 기억을 꺼내서, 복잡하게 엉켜 있는 실타래를 굳이 풀고 싶지 않아서 가려 두었다.

그만.

제발 그만.

하지만 소장은 자꾸 그 실타래를 풀어 가장 끝에 있는 매듭을 보라고 재촉했다.

"늦었어요. 내일 뵐게요."

나는 인사를 하고 소장 곁을 지나쳐 집으로 들어가려고 했다. 침대에 누워 잠드는 일상이 절실했다. 아무 생각 없이 시답잖은 꿈이나 꾸고 싶었다. 내가 곁을 지나가려 하자 소장이 내 팔을 잡았다.

"부정하지 마십시오. 물건을 내게 주면 마음이 편해질 겁니다. 그리고 모든 것이 끝날 거예요. 본인이 발화시킨 것을 끝내고 싶지 않나요?"

"무슨 말씀인지 모르겠어요. 그리고 물건을 주면 끝나는 게 아니지 않나요? 카메라 주인은 실종되었고 약통의 주인은 삐삐 말라 죽었죠? 다른 아이들은 어떻게 되었나요?"

소장은 내 말에 동요하지 않았다. 담담한 표정이었다.

"그들은 그들만의 방식으로 편해진 겁니다. 그런 식의 끝맺음만이 안식을 주었나 보죠. 나는 거짓말을 하지 않았습니다."

나는 소장을 노려보았다. 말도 안 되는 소리였다. 소장은 나를 가만히 보다가 잡고 있던 팔을 놓아주었다.

원하던 대로 침대에 누웠지만 마음이 편해진 건 아니었다. 자꾸 감은 눈 사이로 눈물이 비집고 나오더니 이내 펑펑 우는 상태가 되어 버렸다. 도대체 내가 왜 우는지 모를 일이었다. 뭔가 이상했다. 미치도록 화가 났다.

처음에는 숨죽여 울던 것이 점점 거친 울음으로 변해 갔다. 소리가 크다는 걸 알았지만 멈출 수가 없었다. 한번 터진 눈물은 막을 수가 없었다.

엄마는 거실에서 텔레비전을 보고 있었다. 내가 우는 소리가 들릴 텐데 모른 척하고 있었다. 방문을 두드리며 안부를 묻지 않았다.

"모아야, 괜찮니? 모아야, 무슨 일 있어?"

언젠가 엄마가 그렇게 말한 기억이 났다. 엄마는 열리지 않는 방문 앞에 서서 내내 애태우고 있었다. 문을 두드리며 계속 말했다.

"괜찮아? 엄마한테 말해 봐, 모아야."

언제인지도 모를, 마치 다른 차원에서 일어났던 일처럼 아주 멀고 희미한 일이었다. 이제 엄마는 나에게 그런 말을 하지 않았다.

어릴 적부터 아빠는 늘 폭력적이었다. 당신의 작품이 마음에 들지 않을 때, 스트레스를 우리에게 풀었다. 그래도 난 무섭지 않았다. 늘 친구처럼 내 편을 들어주던 엄마는 나를 지켜 주었다. 아빠가 가족보다 일에 빠져 있을 때도 전혀 외롭지 않았다. 엄마가 그 자리를 충분히 채워 주어 부족함이 없었다.

그런데 그날부터 달라졌다.

아이들의 은근한 따돌림. 그전부터 서서히 계속되던 나의 의심. 아이들이 진짜 나를 따돌린 것이든 아니든, 나는 이미 따돌림으로 받아들이고 피폐해져 있었다. 애들이 나에게 조금이라도 차갑게 말하면 크게 상처를 받았다.

"우리가 언제? 언제 널 따돌렸다고 그래?"

"나 빼놓고 어제 너희끼리 만났다며?"

의심을 하다가 못 참고 대놓고 말했다. 그게 문제였다. 애들이 대놓고 나를 따돌릴 기회를 만들어 준 것이다.

"네가 이러니까 우리가 그러는 거야."

"집착 좀 하지 마. 구질구질해."

같이 노는 무리는 나까지 다섯이었다. 놀이 기구를 타도 둘씩 타야 하고 식당을 가도 넷이 앉는 게 편하니까 그 애들은 나를 빼놓고 만나곤 했다. 명목은 내가 학원을 가야 한다는 거였다.

거짓말은 아니었다. 중학생 때 공부 잘하는 모범생 쪽에 속했던 나와 달리 그 애들은 공부나 학교에 별로 관심이 없었다. 처음에는 학원 빠지고 놀자는 꼬임이 있었지만 번번이 내가 거절한 건 사실이었다. 그 애들은 곧 아예 연락도 없이 자기들끼리 어울리기 시작했다. 나는 섭섭해졌다. 애들끼리 놀러 다녀온 다음 날, 서로 나누는 이야기에 낄 수도 없었고 내가 모르는 일들이 점점 늘어 가기 시작했다. 적당히 맞장구를 치며 수다에 끼는 것도 한두 번이었다. 나는 시나브로 지쳐 갔다. 거리감이 생기기 시작하면서 하루하루 더 멀어지고 있었다.

내가 괴로워하는 걸 안 엄마는 그 애들에게 솔직하게 물어보라고 했다. 친구끼리 그런 말도 못 하느냐고 하면서.

그래서 물어본 것이다. 나를 빼고 왜 너희끼리 만났느냐고.

그 한 문장이 도화선이 되었다. 아이들은 돌변했다. 나를 무리에서 빼 버리고 괴롭히기 시작했다.

다 엄마 때문이었다.

처음부터 학원을 빼먹는 걸 허락하지 않아서였다.

친구들에게 솔직히 대놓고 말하라고 해서였다.

나를 규칙에서 자유롭지 못하게 키워서였다.

내가 친하게 지내고 싶었던 그 애들과 어울리지 못하게 만든 건 엄마였다.

애들이 나를 몰아붙이고 반 아이들 앞에서 마마걸이라고 창피를 준 날 나는 엄청 많이 울었다. 당시 내게 그 친구들은 전부였고 이 세상이었다. 세상이 날 버린 느낌이었다.

"모아야, 괜찮니? 모아야, 무슨 일 있어?"

엄마는 정신없이 방문을 두드렸다. 몇 시간 동안 내내 문 앞에 서서.

그때, 나는 늘 잊고 싶었던 기억이 떠올랐다. 엄마가 방에 들어가 문을 잠그고 날 못 들어오게 한 날.

"엄마, 괜찮아?"

나는 방문 앞에서 울었다. 아빠가 나에게 주먹을 치켜들자 엄마가 그 앞을 막아섰다. 그리고 맞서 싸우는 대신 그 주먹을 맞았다. 그렇게 멍든 얼굴을 보이지 않으려고 방문을 걸어 잠근 것이다. 나 때문에. 그러나 나는 하나도 고맙지 않았다. 같은 일이 반복되어도 엄마는 아빠와 싸우는 대신 바보 같은 대처만 했다. 나 때문에 엄마가 맞는 게 지긋지긋했다. 아빠는 대놓고 말했다. 나를 임신하고 살찐 엄마의 모습은 예전의 아름다운 뮤즈가 아니라고. 아빠의 숭고한 뮤즈였던 엄마를 바닥으로 떨어뜨린 죄책감이 나를 점점 옥죄여 왔다.

그 벌을, 내가 지금 받고 있다는 엉뚱한 생각이 머리를 어지럽혔다.

"괜찮아? 엄마한테 말해 봐, 모아야."

나는 방문을 확 열었다. 그리고 눈물범벅인 얼굴로 말했다.

"씨발, 꺼져! 이게 다 너 때문이야!"

잊고 싶었던 기억들이 생생히 떠올랐다. 그 뒤로 엄마는 나를 없는 사람 취급했다. 아니, 당신이 없는 사람인 것처럼 행동했다. 감정이 쑥 빠져 버리고 껍데기만 남았다. 내가 엄마를 그런 식으로 부르는 순간, 내 엄마는 이 세상에서 사라져 버렸다.

"엄마는 가짜야……."

내가 엄마를 가짜로 만들었다. 그동안 내가 듣고 정리했던 수많은 이상한 일들. 모든 시발점은 아이들이었다. 나 역시도 그 아이들과 같을지 모른다.

소장은 손전등을 알아보기 위해서 이야기가 시작된 장소에 다녀왔다고 했다. 손전등을 준 아이의 이야기에 뭔가가 있었다. 하지만 거기가 어디일까? 터미널에서 버스를 타고 온 그 애. 예정 시간보다 조금 늦게 도착했다는 고속버스.

버스 도착 시간을 짐작해 그날의 시간표를 훑어보았다. 마음에 걸리는 지역이 있었다. 내가 아는 마을이 있는 곳이었다. 나는 그곳에 있는 전원주택을 한 채 알고 있었다.

아무 사무소로 출근하는 대신 고속버스를 타고 시내에 도착해 마을버스로 갈아탔다. 혼자 가 본 적은 한 번도 없었다. 그나마 가 본 것도 두 번밖에 없었다. 첫 번째는 어릴 때여서 모든 게 좋았지만, 두 번째는 억지로 끌려가 오만상을 다 쓰고 있다가 몇 시간 만에 풀려난 기억이 있었다.

"도대체 애를 어떻게 키운 거야?"

아빠는 자신의 별장을 탐탁치 않아 하는 나를 못마땅하게 생각하며 엄마에게 뭐라고 했다. 엄마는 화를 내야 마땅한 상황이었지만 오히려 아빠에게 미안하다고 했다. 그리고 뒤로는 마음이 상한 나를 다독여 주었다.

"모아야, 우리 집에 가자마자 극장에 영화 보러 갈까?"

"됐어. 갑자기 무슨 영화야."

"네가 보고 싶다고 한 공포 영화 있잖아. 그거 보자."

엄마는 공포 영화를 무서워해서 절대 안 봤다. 나도 그걸 알았지만 모른 척 그러자고 해 버렸다. 그날 엄마가 영화관에서 어떤 얼굴로 영화를 봤는지 나는 모른다. 그저 내가 재미있으면 그만이었으니까. 지금 생각하면 그런 적이 한두 번이 아니었다. 나는 늘 엄마 기분 따위는 생각하지 않았다.

별장이 있는 언덕을 오르는데 옛날 생각이 많이 났다. 가파른 오르막길이 있어서 내가 좀 짜증을 냈고 엄마는 중간에서 아빠와 내 눈치를 계속 봤다. 바보 같긴. 도대체 엄마는 왜 그렇게 살았던 걸까.

오늘은 가방을 메고 있었지만 들어 있는 것이 별로 없어서 오르막길이 힘들지 않았다. 그때는 괜히 아빠 뜻을 따르기 싫어서 심통을 부린 걸 수도 있었다.

마침내 전에는 없었던, 새로 지은 전원주택이 한 채 보였다. 떡볶이를 잘 먹던 그 여자애가 사는 집. 지금은 평일 오전이어서 그 애가 학교에 가 있을 시간이니 마주칠 걱정은 없었다. 아빠 역시 지금 이 시간에는 강연을 위해 서울에 있는 모 대학교에 가 있었다.

아빠의 별장과 그 여자애의 집은 꽤나 가까웠다. 웃음소리를 들은 것도 무리는 아니었다. 나는 집에서 가져온 여벌 열쇠로 별장 문을 열고 들어갔다.

별장 안은 온통 먼지투성이었다. 잠을 자는 방 빼고는 아빠가 작업실로 쓰고 있으니 당연한 일이었다. 전에는 엄마가 자주 와서 청소도 하고 냉장고 안에 밑반찬도 채워 놓았지만 지금 엄마는 그러지 않았다. 거실에 앉아 텔레비전만 보고 있을 뿐이었다.

창가에 흰색 천으로 덮인 아빠의 작품이 있었다. 실루엣만으로도 익숙한 그 조각상은 엄마를 모델로 한 조각이었다. 아빠가 아주 오랫동안 만들었지만 완성할 수 없었다는 그 작품. 아주 오래전 옛날, 아빠가 엄마를 처음 봤을 때는 모든 것이 지금과 달랐다. 아빠는 엄마에게 첫눈에 반해 사랑하게 되었다. 엄마에게

서 영감을 얻어 돌 조각을 시작했고 엄마가 영원히 자신의 뮤즈가 될 줄 알고 결혼을 했다.

그러나 아빠는 작품을 완성할 수 없었다. 잘 모르는 사람들이 보기에는 완성된 작품이었지만 아빠는 완성품이라고 인정하지 않았다. 몇 년에 걸쳐 조각을 하는 사이 엄마에 대한 아빠의 마음이 변했고 작품 역시 변했다. 임신과 출산으로 변한 외모가 한몫했다. 예술가의 변덕이었다. 처음 봤던 그 모습 그대로 엄마가 변함없이 머물러 주길 바랐던 것이다. 마치 아빠가 만드는 조각상들처럼.

그렇게 엄마의 조각상은 아빠의 작업실이자 별장에 먼지를 머금고 방치되어 있었다. 엄마를 닮은 조각상을 가만히 보고 있노라니 착하고 마음 약하던 다정한 엄마가 떠올랐다. 지금과는 다른 우리 엄마.

엄마는 정이 너무 많아서 길을 지나가는 길고양이만 봐도 눈물짓곤 했다. 아빠도 우리 엄마가 착해서 좋아했다고 했다. 엄마의 조각상은 다소곳하게 두 손을 모으고 서 있는 모습이었다. 약속 장소에서 아빠를 기다리던 엄마 모습이라고 십여 년 전 어린 나에게 엄마가 즐겁게 자랑하며 말해 주었다. 그때까지는 아빠도 다정할 때가 많았고 조각상을 완성해 보려고도 노력했다. 엄마의 조각상에 한 역할을 해 보라며 나에게도 작은 조각도를 건네며 약간 다듬어 보게 해 주었다. 그러나 조각상은 계속 기다리기만 하는 모습으로 남아 버렸다.

설마 엄마의 조각상이 그 여자애가 본 웃는 조각상이었을까? 창가에 있어서, 창밖에서도 볼 수 있는 조각상은 이것뿐이었다. 하지만 조각상은 흰 천으로 덮여 있었다. 캄캄한 밤에 창문과 흰색 천을 뚫고 실루엣이 보였을 리 없었다. 그날 밤 누군가 천을 치웠던 게 아니라면.

"아."

가까이 다가가서야 깨달았다. 흰색 천 위에는 먼지 하나 없다는 사실을. 세월의 흔적이 쌓여 빛이 바래 누렇게 얼룩진 천이었지만 이상하게 먼지 하나 없이 깔끔했다. 누군가 천을 걷어 냈다는 가설보다 더욱 무시무시한 가설이 왜 더 진실 같을까. 조각상이, 스스로 천을 걷어 냈다는 소름끼치는 가설.

조심스레 천을 걷었다. 조각상은 움직이지 않는 돌덩이일 뿐이었다. 하지만 가까이에서 볼수록 내 두 번째 가설이 진짜라는 확신이 점점 강해졌다. 전에도 이랬던가? 진짜 사람같이 너무나 생생한 모습이었다. 금방이라도 눈을 뜨고 내 이름을 부를 것만 같았다. 여자애가 보았던 모습이 금방이라도 튀어나올 것처럼.

"모아야. 우리 모아."

다시 듣고 싶었다. 엄마의 다정한 목소리.

세상의 밝음과 행운을 모아서 가지라는 뜻으로 엄마가 지어 준 내 이름. 다른 사람들은 내 이름이 특이하다고 예술가인 아

176

빠가 지어 준 이름일 거라고 짐작하지만 사실은 엄마의 작명이었다. 어찌 보면 다소 이기적인 뜻을 가졌다. 그만큼 나만을 생각하고 지은 이름. 말 그대로 엄마는 나만 알았다. 나만 바라봤다. 난 그게 부담스러워 벗어던지고 싶었다.

"씨발, 꺼져! 이게 다 너 때문이야!"

어디선가 내 목소리가 들려왔다. 내가, 도대체, 왜 그랬을까. 여태까지 난 엄마를 바꿔 놓은 것이 나라고 생각하지 않았었다. 도리어 엄마를 탓했다. 그런데, 소장의 말대로 아이들이 발화하여 이 모든 이상한 일들을 만들어 내는 거라면. 그리고 나도 그 중 하나였고 그 말이 시발점이었다면.

"모아야!"

순간 조각상이 눈을 번쩍 뜨고 나를 불렀다.

자연 발화자 보고서

1. '물건'이 만들어지는 일반적인 과정

먼저 일상생활 속에서 욕망이 얽힌 존재인 '발화자'를 찾는다.

그리고 내가 그 발화자를 자극할 수 있는 '스위치'를 찾는다.

그 발화자와 스위치가 만나는 순간, 물성을 가진 욕망인 '물건'이

탄생하고 그때부터 발화자의 세상은 비일상으로 변해 버린다.

이때 대부분의 경우, 발화자의 욕망 자체는 '물건'으로 옮겨진

상태이기에, '물건'을 나에게 넘기고 나면 발화자는 편해지게 된다.

(욕망이 사라진 발화자는 그때부터 빈껍데기 같은 삶을 사는

경우도 있지만… 그것까지 내가 신경 써야 하는 문제라고 생각하진

않는다.)

2. 스위치의 필요성

발화자는, 쉽게 말해서 화약이 꽉꽉 들어찬 시한폭탄과 같다.

하지만 시한폭탄은 그 자체만으로 터지진 않는다. 그때 내가

나선다. 발화자에게 우연히 접근해 스치듯 건네는 어떤 말 한마디,

평범한 사람에게는 아무 영향도 끼치지 않을 말 한마디가 발화자를

각성시킨다.

그 순간부터 시한폭탄의 초침이 움직이는 것이다. 째깍, 째깍,

째깍….

그러면 기다리기만 하면 된다.

일단 움직인 초침은 멈추지 않으니까.

느리든, 빠르든, 터지며 물건을 생성해 내니까.

3. 자연 발화자?

스위치를 작동시키지 않아도 스스로 물건을 만들어 내는 자연

발화자가 존재할 수 있을까?

이론적으로는 가능하다.

니트로글리세린이라는 물질이 있다. 너무도 불안정해서 깃털이 닿는

것만으로도 폭발해 버리는 물질.

자연 발화자는 말하자면 니트로글리세린 같은 것이다. 그 스스로

예민하고, 주변의 상황도 답답하기 이를 데 없어, 숨만 쉬어도 터질

것 같은 존재. 그런 존재라면 스스로 발화하여 순도 높은 '물건'을

만들어 낼 수 있을 것이다.

하지만, 과연 그렇게 예민한 존재가 자연 발화를 하고도 살아남을

수 있을까? 의문이다.

내 손에는 어느새 조각도 하나가 들려 있었다. 유난히도 작은 조각도. 아빠가 내 것으로 마련해 둔 것이었다. 엄마의 조각상에 손길을 한 번 보태었던 것이 이 조각도를 마지막으로 잡아 본 날이었다. 나는 우리가 같이 만드는 엄마 조각상이라며 좋아했다. 아빠가 술을 먹지 않는 날에는 제법 제대로 된 가족이었던 시절.

"엄마……."

두 눈을 뜬 조각상은 여전히 나를 바라보고 있었다.

"아, 아니야! 말도 안 돼!"

나는 귀신이라도 본 듯 조각도를 눈앞에 대고 휘둘렀다. 조각상이 내게 다가오기라도 할 것 같았다. 두려웠다. 정말 내 생각대로일까 봐 섣불리 뭔가를 할 수도 없었다.

"모아야……."

조각상은 한 번 더 나를 부르더니 더는 아무 행동도 하지 않고 스르르 눈을 감았다. 그리고 다시는 움직이지 않았다. 마음속에서 뭔가가 빠져나가 사라지는 기분이 들었다. 천금 같은 기회를 놓쳐 버린 안타까움. 만약, 지금 엄마가 나에게 용서받을 기회를 준 거라면 어떻게 해야 할까.

조각도를 내렸다. 내가 두려웠던 건 저 조각상이 움직일까 봐서가 아니었다. 엄마가, 내 진짜 엄마가 저 안에 갇혀 있을까 봐 무서웠다. 그렇게 만든 것이 다름 아닌 나라는 사실이 나를 더 괴롭게 만들었다.

"아니야. 아닐 거야."

나는 조각도를 다시 치켜들었다. 작은 칼이지만 힘을 줘서 내려치면 작품에 손상을 줄 수 있을 터였다. 하지만 내 이름을 부르던 모습이 떠올랐다. 영락없는 우리 엄마였다. 차마 조각상을 내리칠 수 없었다. 진짜 엄마니까. 지금 우리 집 거실에 앉아서 텔레비전만 보고 있는 엄마는 가짜라는 걸 나는 처음부터 알고 있었다. 억지로 모른 척하고 싶었을 뿐.

조각상 안에 엄마가 갇혀 있다면 꺼내야 했다. 하지만 어떻게? 나는 조각도를 내려다봤다. 이 조각도는 갑자기 어디에서 튀어나와 내 손에 들려 있었던 걸까? 내가 가방에 넣어 가져온 게 아닌데.

문득 시선이 느껴져 창밖을 바라봤다. 소장이 서 있었다. 소장은 그날, 옆집 여자애가 엄마를 목격했던 그 자리에 서 있었다. 처음 만났던 그날처럼 검은 슈트와 새하얀 와이셔츠를 입은 소장이 천천히 내 쪽으로 손을 내밀었다. 이제 그것을 달라는 듯이.

역시 그랬다. 소장이 원하던 물건은 이 조각도였다. 어릴 적 아빠가 내 것이라며 주었던 그것이 '물건'이 되어 버린 것이다.

조각도를 들고 나가자 소장이 문 앞으로 와서 기다리고 있었다. 나는 물었다.

"스위치? 그게 뭐죠?"

"별거 아니지만 그들을 움직이게 하는 계기. 저는 그저 그들이 가지고 있던 욕망을 일깨워 줬을 뿐입니다."

소장은 얄미울 정도로 자랑스레 말했다. 나에게 자연 발화자라고 한 건 자신이 스위치 역할을 하지 않았다는 것. 말 그대로 특이 케이스. 그래서 더욱 나에게 집착하는 것이었다.

"알려 주세요. 어떻게 해야 엄마를 되돌릴 수 있어요?"

"그동안 함께 일했으니 알지 않습니까? 물건을 저에게 주면 됩니다. 모든 것이 좋아질 겁니다."

거짓말. 그 아이들은 어떤 식으로든 잘못되어 버렸다. 물건은 소장 개인의 욕심으로 인한 전리품이었다. 내가 만나거나 사연을 전달 받은 그 아이들이 어떻게 되든 소장은 아무 관심도 없었다.

아이들은 모두 후회하고 있을까? 처음부터 이상한 일 따위 일어나지 않았으면 좋았을 텐데. 소장을 믿는 게 아니었는데.

소장에 대한 증오가 밀려오자 나도 모르게 팔이 올라갔다. 내 오른손에는 여전히 조각도가 들려 있었고 햇빛을 받아 금속 부분이 반짝였다. 오래된 것치고는 지나치게 새것이었다. 순간 소장이 움찔했다. 하지만 이내 희미한 웃음을 지었다.

"원한다면 그렇게 해 주십시오. 저도 원하는 바입니다."

"죽여 달라는 건가요?"

"영생에 대해 어떻게 생각하십니까? 그건 축복일까요, 저주일까요?"

"쓸데없는 말하지 마세요."

내가 조각도로 찌를까 봐 이리저리 궤변을 늘어놓는 것일까. 그렇게 생각하니까 더 화가 났다. 내가 못 찌를 거라고 생각해서 그러는 것 같았다. 조각도를 쥔 손아귀에 힘이 들어갔다.

"어릴 적부터 빨리 어른이 되고 싶다고 생각했습니다. 그래서 그렇게 되었고 이대로 멈추어 버렸지요."

문득 소장을 처음 봤을 때가 떠올랐다. 분명히 중년의 외모였지만 뭔가 불균형이 느껴지는 불편함이 있었다. 그동안 내가 여러 아이들에게 들었던 기이한 일들은 소장이 시간을 건너뛰어 어른이 되었다는 게 헛소리가 아님을 증명해 주었다. 그리고 내가 생각하던 한 가지 가설이 진짜라는 걸 알려 주었다.

아이들의 모든 이야기 속에는 공통적으로 어떤 남자가 나왔다. 그 남자는 어떤 역할로 나오든 스위치를 당겼고, 아이들은 그 뒤로부터 이상한 일을 겪게 되었다. 그동안 나는 하나의 이야기 속에서만 남자를 찾지 못했다. 악플러가 된 그 남자애. 하지만 그 애의 유서를 찬찬히 다시 읽어 보았을 때 알 수 있었다. 처음 달았던 악플을 독려했던 온라인의 그 사람. 그가 스위치를 켰음을. 그리고 그게 내 눈앞에 있는 이 남자라는 것을.

"당신은 인간을 시험하는 악마 같은 건가요?"

"내 스위치를 켠 사람은 빨간 지갑을 흘린 사람입니다. 죽기 전에 그 사람을 꼭 한번 만나 보고 싶군요."

"쓸데없는 말하지 말라고 했죠. 진짜 찌를 수도 있어요."

말은 그렇게 했지만 나는 팔을 내렸다. 소장의 말이 진실이든 거짓이든 어떤 경우에도 내게 이득은 없었다. 정말 소장이 영생을 멈추고 죽고 싶어 한다면, 원하는 일을 해 주는 격이 되었다. 반대로 소장이 전리품을 위해 조각도를 빼앗을 기회를 엿보려고 거짓말을 하는 거라면 더욱더 그런 짓은 할 수 없었다. 무엇보다 나에게는 이제 해야 할 일이 있었다. 살인 같은 걸 할 수는 없었다.

"저를 믿어 보십시오. 물건을 넘기면 모든 것에서 벗어날 수 있습니다."

달콤한 제안이었다. 벗어나고 싶었다. 내가 저지른 일을 책임지지 않고 도망치면 홀가분해질까. 처음부터 끝까지. 과거와 현재, 그리고 미래. 모든 것을 잊고, 과거와 현재를 묻어 둔 채 또 다른 미래를 만들 수 있을까.

시간을 되돌려 그날 엄마에게 그런 말을 하지 않았더라면 많은 것이 달라져 있을 것이다. 무엇보다 엄마가 조각상 안에 갇히지 않았을 것이다. 내가 휴학하는 일도 없었을 테니 아무 사무소에서 일하는 일도 없었을 테고. 그러나 아무리 소장이라도 이 모든 것을 한순간에 되돌릴 수 있을까? 그리고 그렇게 되돌린다고 해서 내게 무슨 의미가 있을까.

지금은, 어느 날 아침 갑자기 죽어도 미련이 없을 만큼 그저 하루하루 살아 내기만 했던 때와는 달랐다. 일단 목표가 생겼다. 엄마를 되돌려서 되찾는 일. 정확한 방법은 모르지만 나만이 할 수 있는 일이라는 건 확실했다.

내가 해야 했다.

나는 가방에 조각도를 넣고 그 물건을 꺼냈다. 조각도를 넣는 걸 보고 그럴 줄 알았다는 표정으로 바라보던 소장은 내가 꺼낸 물건을 알아보고 화들짝 놀랐다. 그리고 나는 정신없이 카메라 버튼을 눌렀다.

찰칵!

다시 정신을 차렸을 때, 이미 소장은 없었다. 원래의 소장은 사라졌다. 고개를 숙이고 있던 소장은 잠시 뒤 순수하지만 멍한 표정으로 물었다.

"얘야, 여기가 어디니?"

정반대의 자아. 늘 거짓말을 하던 소장과는 다른 뒤집힌 자아가 튀어나왔다. 저주 인형은 아리가 중요한 사실을 잊어버리려면 다른 자아를 꺼내야 한다고 했었다.

캐비닛을 열었던 날, 나는 사무소에 가기 전에 그 애를 찾아갔다. 카메라를 보냈던 소진이라는 아이는 아무리 노력해도 연락이 되지 않았다. 그래서 대신 옷을 뒤집어 입었던 두리라는 남자아이에게 연락을 했다. 두리가 가짜인지 진짜인지, 하나인지 두리인지 궁금하기도 했지만 혹 카메라에 대해 알지도 모른다는 생각에서였다. 소진이가 보낸 편지에서 저주 인형은 '뒤집힌 자아'라는 표현을 썼고 그게 두리라는 아이를 생각나게 만들었다.

하나인지 두리인지 모를 그 애는 알려 주었다.

"뒤집힌다는 게 꼭 나쁜 사람이 된다는 건 아니에요. 그저 반대의 다른 인격체가 나온다는 거지."

마치 뒤집혀 새로 나타난 자아를 변호하는 듯한 말투였다. 나는 그 애에게 두리가 아니라 하나가 아니냐고 묻지 않았다. 대신 다른 확신을 가졌다. 저주 인형의 카메라가 소장의 그릇된 욕망을 뒤집을 물건이라는 것을. 적어도 지금의 소장보다 나쁘지 않은 인간이 등장할 거라는 가설.

그래서 실행에 옮긴 것이다. 똑같이 생긴 카메라를 중고로 사서 일부러 흠집을 내고 정확히 같은 귀퉁이를 망치로 내리쳤다. 그리고 그날 밤 바꿔치기했다.

"아저씨, 산책하시다가 길을 잃으신 것 같아요."

나는 침을 꿀꺽 삼키고 덤덤한 척 말했다.

"그런 것 같다. 정말 이상하네. 내가 왜 여기까지 왔을까?"

소장 아닌 소장이 중얼거리며 언덕을 내려가기 시작했다. 나는 뒤집힌 소장이 원래의 소장과 어디까지 기억을 공유하는지 궁금했지만 따지고 있을 시간이 없었다. 카메라에 찍힌 아리와 저주 인형은 모두 전과 똑같은 집에서 살고 똑같은 학교에 다니고 있는 듯했다. 일상의 장소가 공유된다면, 뒤집힌 자아의 소장도 아무 사무소를 알고 있을 테고 물건에 대해 모르더라도 그곳으로 먼저 갈 게 뻔했다.

나는 소장을 앞질러 택시를 타고 아무 사무소로 갔다. 다행히 캐비닛 비밀번호는 바뀌지 않았다. 나는 캐비닛의 물건들을 꺼내 가방 안에 쓸어 담았다.

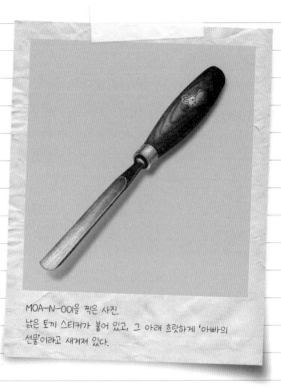

MOA-N-001을 찍은 사진.
낡은 토끼 스티커가 붙어 있고, 그 아래 흐릿하게 '아빠의
선물'이라고 새겨져 있다.

MOA-N-001 : 나의 조각도

위험도 : ?

설명 : 그날 캐비닛에서 얼핏 본 소장의 보고서.

그 보고서 양식대로 비슷하게 쓰려고 하지만, 정확히 뭘 써야 할진 모르겠다.

음, MOA-N-001은 내가 어린 시절 아빠에게 선물로 받은 조각도다.

그걸로 엄마의 조각상을 한 번 깎았던 기억이 난다.

하지만 시간이 갈수록 변해 가는 아빠를 보면서 나는 조각에 대한 관심이 사라졌고, 그 이후 조각도, 아니 MOA-N-001을 본 적도 없었다.

소장은 이 조각도가 나의 '물건'이라고 했다. 그렇다면 이 조각도에 어떤 능력이

있는 걸까. …조각상을 살아 움직이게 하는 능력?

추가 실험: 몇 번이고 망설이다 MOA-N-001로 지우개를 깎아 강아지

조각상(MOA-N-001-1)을 만들었다.

지우개를 깎아 만든 강아지 조각상인 MOA-N-001-1.

사진 설명: MOA-N-001-1을 촬영한 사진. 아무런 변화도 느껴지지 않는다.

…시간이 경과했지만 아무 변화도 일어나지 않는다. 실험이 잘못된 걸까?

12. 다시 시작

"엄마, 오늘은 날씨가 참 좋다. 창밖 보이지?"

엄마가 살짝 고개를 끄덕인 것도 같았다.

"곧 단풍이 들 것 같아. 엄마가 늘 시간이 참 **빠르다**고 했잖아. 전에는 그게 이해가 안 됐는데, 요즘은 좀 이해가 되는 것도 같아."

나는 엄마 손을 살짝 잡았다. 두 손을 앞으로 모으고 기다리는 모습은 달라지지 않았지만 미묘하게 뭔가 달라진 것이 느껴졌다. 엄마 피부의 감촉이 조금씩 더 부드러워지고 있다고 해야 할까, 돌의 거칠거칠한 느낌에 온기가 감돈다고 해야 할까. 아빠의 별장에서 내 이름을 부르고 눈을 떴던 일은 두 번 다시 일어나지 않았지만, 나는 믿었다. 점점 나아지고 있음을. 엄마와 내가.

엄마의 조각상은 우리 집 내 방에 놓였다. 아빠에게 부탁했다. 아빠가 완성하지 못하고 방치할 작품이라면 나에게 달라고. 버릴 수도 가질 수도 없었던 아빠는 순순히 내 부탁을 들어주었다. 내가 처음으로 부탁이라는 것을 한 게 놀랍다는 말을 덧붙이며.

소파에 늘어져 누워 있던 껍데기뿐인 엄마는 내가 조각상에 말을 붙이는 걸 신경도 안 썼다. 언제나 그 자리에 앉아 있거나 누워 있거나 화분에 물을 주고 있을 뿐이었다. 심지어 조각상을 왜 가져다 놨느냐고 물어보지도 않았다.

나는 책상 앞에 앉아 노트북을 켰다. 개설한 지 얼마 안 된 인터넷 커뮤니티지만 새 글이 많이 올라와 있었다.

의외로 회원이 제법 늘었다. 처음에는 10대로 나이를 제한하고 신비하거나 이상한 일을 겪은 회원을 대상으로 가입을 받았다. 진실을 파헤쳐 주고 고민을 해결해 주겠다는 명목이었다. 지금은 소개를 받아 알음알음으로만 들어올 수 있도록 비공개 커뮤니티로 전환한 지 이틀째였다. 의뢰는 주인장만 읽을 수 있는 게시판에 할 수 있었는데, 대부분은 귀신을 봤다거나 가만히 있던 사물이 혼자 움직였다던가 하는 시시한 것들뿐이었다.

물건을 가져가서 없애 주기도 하시나요?

게시글 목록 중 제목 하나가 눈에 들어왔다. 설마. 커뮤니티

어디에도 물건에 대한 이야기는 적지 않았다. 그런데 먼저 물건 이야기를 꺼내다니. 제목을 눌러 내용을 읽어 나가면서 심장이 두근두근 뛰었다. 간절함, 기이한 이야기, 욕망, 물건······.

진짜였다. 자연 발화자. 스위치 없이도 이상한 일을 일으키는 10대를 찾기 위해서 나는 커뮤니티를 만든 것이다. 소장을 카메라로 사라지게 한 것처럼, 엄마를 조각상에서 꺼내 줄 물건 역시 분명 존재할 테니까.

"엄마, 조금만 기다려."

나는 새로 산 빨간색 캐비닛을 열었다. 빨간 지갑부터 검은 우산, 뒤집힌 티셔츠, 다이어트 약이 들어 있던 약통, 귀퉁이가 떨어져 나간 카메라까지 어느 것 하나 엄마를 되돌려 놓지 못했다. 새로운 물건을 찾아야 했다.

안녕하세요, 모아 사무소의 소장입니다.

의뢰하신 내용은 제가 직접 방문하여 사연과 물건을 확인한 뒤에 처리해 드리겠습니다.

나는 한 글자 한 글자 키보드를 꾹꾹 눌러 가며 댓글을 써 내려갔다.

에필로그 I

- 아무 사무소 마지막 보고서

아무 사무소 보고서

작성자 : 소장 □□□

AMU-101 : 피그말리온의 새로운 조각도 (입수 예정)

위험도 : S

설명 : 자연 발화자 ■■■을 통해 만들어진 '물건'이다. 조사 결과,

■■■의 어머니가 빈 껍데기가 되어 버린 현상과 관계가 있는

것으로 보인다.

고대 그리스 신화에는 피그말리온이라는 조각가의 이야기가 나온다.

그는 세상에서 가장 아름다운 여인의 조각상을 만들고, 그 조각상과

사랑에 빠져 버린다. 신화에서는 사랑의 여신 아프로디테가 그

모습을 가엾게 여겨 조각상에 생명을 불어넣어 주었고, 그로 인해

조각상이 살아나서 피그말리온과 평생 행복하게 살았다고 한다.

전형적인 해피엔딩.

하지만 '이쪽 세계'의 신화책에는 피그말리온이 자연 발화자라는

기록이 나온다. 그의 욕망이 조각도를 '물건'으로 만들어, 그 조각도로

깎는 조각상에 생명을 불어넣었다는 것이다.

하지만 신이 아닌 이상, 아무리 '물건'이라도 생명을 창조할 수는

없다. …옮길 수는 있어도.

피그말리온 조각도의 진짜 능력은 조각상을 살아 움직이게 하는 것이

아니다. 다른 사람의 영혼을 자신이 만드는 조각상에 옮겨 담아

자신의 뜻대로 깎아내는 것이다. 그렇다면 자연 발화자 ■■■의

어머니가 빈 껍데기가 된 것이 설명이 된다. 그녀의 영혼은 조각상에

갇혔지만, 그 조각상은 여전히 미완성이어서 제대로 움직이지 못하는

것이다. 자연 발화자 ■■가 피그말리온의 조각도를 어떻게

쓰느냐에 따라 그 영혼의 운명 또한 달라지겠지만 말이다.

활용 방안 : 조각도로 영혼을 가둘 수 있지만, 반대로 영혼을 창조해

내고 새로운 몸을 부여하여 아예 새로운 인간을 만들 수 있는

가능성도 있다.

이는 영생의 삶 속에서 만난 수많은 물건 중 가장 특별하고 나의

목표와도 부합하는 물건이다. 그 어떤 물건도 영혼을 만들 수 없었다.

그것은 신만이 할 수 있는 일이었다. 하지만 내가 만약 이 물건을

가진다면?

과연 자연 발화자의 물건답다.

자연 발화자가 조각도 사용법을 깨닫기 전에 물건을 입수하여

실험을 해 봐야 한다.

왈!

공원 구석진 곳에서 마주친 강아지는 우리를 보고 크게 한 번 짖었다. 그리고 더 짖는 대신 꼬리를 치며 우리에게 달려왔다.

엄마 몸이 점점 부드러워지면서 산책을 나가는 일이 잦아졌다. 한참을 밀고 당기며 낑낑거려야 했지만 엄마를 손수레에 태워 나올 수 있게 되었으니 우린 종종 바람을 쐬러 나왔다. 하지만 강아지를 만난 건 처음이었다.

"길을 잃었니?"

나는 내 손바닥을 핥는 강아지의 머리를 쓰다듬어 주었다. 하얗고 보드라운 털과 동그란 머리, 긴 귀가 정말 귀여운 녀석이었다. 딱 내가 어릴 적부터 꿈꾸던 이상적인 반려견이었다. 게다가 강아지도 처음 보는 나와 엄마가 마음에 드는 모양이었다. 지나가는 다른 사람들에게 고개 한번 돌리지 않고 우리만 바라보며 열심히 꼬리를 흔들었다.

"엄마, 얘 좀 봐. 누가 보면 우리 집 강아지인 줄 알겠어."

강아지는 엄마에게로 눈길을 돌려 엄마 발을 핥았다. 미동 없고 차가운 얼굴을 한 엄마가 무섭지도 않은지 기어올라 안기려고 껑충거리기까지 했다.

집에 데려가 함께 지내고 싶었다. 하지만 이렇게 깨끗한 강아지가 주인이 없을 리 없었다. 이상한 점은 목걸이나 표식이 아무것도 없다는 거였다. 그리고 방금까지 뛰어다닌 강아지라고 보기엔 발바닥이 너무나 깨끗했다.

꼭 방금 그림 속에서 튀어나온 강아지인 것처럼 비현실적인 느낌.

그러고 보니 낯설지 않았다. 얌전히 앉아 꼬리를 흔드는 옆모습을 보니 더 그랬다. 갑자기 한 대 얻어맞은 것 같았다. 이 강아지가 어떤 강아지인지 문득 깨달은 것이다.

"말도 안 돼."

내가 조각도를 시험하기 위해 지우개로 만들었던 강아지. 어쩜 그렇게 그 강아지 모습을 빼닮았을까.

내가 조각을 하면서 원했던 반려견은 엄마와 나만 보고 따르는 강아지였다. 멀리서 만나도 알아보고 반가운 마음에 꼬리 치며 뛰어와 손바닥을 핥아야 했다.

눈앞의 강아지는 외모와 하는 행동은 물론이고 순하고 사람 좋아하는 모습까지 꼭 닮아 있었다.

"모아 앤 공공일 공일(MOA-N-001-01)……."

소장의 보고서를 흉내 내어 달았던 번호를 말하자 강아지가 나를 보며 대답이라도 하듯 짖었다.

왈!

동시에 나는 엄마를 봤다. 조각을 해서 엄마를 다시 만들어 낼 수만 있다면. 지우개로 만든 강아지가 실제 강아지가 되어 나타난 것처럼 엄마를 조각하여 엄마를 돌아오게 만들 수만 있다면.

비록 강아지는 시간이 아주 많이 흐른 뒤에야 내 앞에 갑자기 나타났지만 그건 큰 문제가 아니었다. 물건의 사용법을 제대로 알고 효과가 나타나는 간격을 줄이면 되었다.

내가 가지고 싶은, 원하는 엄마가 아니라 엄마와 있던 추억, 마주 보며 웃던 시절의 우리 엄마. 그때를 풍부하게 기억하여 아프지 않은 엄마를 만들 것이다. 내가 저지른 잘못을 용서받을 기회를 줄 엄마를 말이다.

내 머리를 쓰다듬어 주던 부드러운 손길, 반달눈을 지으며 환하게 웃던 웃음, 요리를 하면 자기도 모르게 튀어나오던 엄마의 콧노래.

아빠는 아주 예전에 나에게 말했었다. 내 손이 자신과 꼭 닮았다고. 어린데도 조각도를 쥔 손놀림이 꼭 같다고. 여태까지 그 말을 너무나 싫어하고 증오했지만 이제 그 말을 믿어 볼 때가 온 것 같았다.

에필로그 Ⅲ

- 아무 사무소 첫 번째 보고서

아무 사무소 보고서

작성자 : 소장 □□□

누군가 흘린 빨간 지갑.

AMU-001 : 누군가 흘린 빨간 지갑

위험도 : S

설명 : 빨간색 가죽 지갑으로 테두리가 낡은 것이 새것 같지는 않다.

색은 화려한 빨간색이지만 2단으로 된 남성 반지갑이다. 안에 현금은 하나도 들어 있지 않고 중년 남성의 신분증과 체크 카드가 들어 있다. 확인 결과 카드와 연결된 계좌에는 꽤나 많은 금액이 들어 있었다. (비밀번호는 남자의 생일이었는데 놀랍게도 발화자와 같은 날이었다.)

발화자는 현실에 불만을 가지고 빨리 어른이 되고 싶다는 마음을 가지고 있던 17세 고등학생 본인이다. 누군가 작은 불씨를 느끼고 부채질하기 위해 의도적으로 빨간 지갑을 흘린 것으로 추정된다. 발화자(본인)는 빨간 지갑을 주워 그것을 주인에게 돌려주는 대신 그럴듯한 어른이 되고 싶다는 욕망을 표출했다. 동시에 지갑 속 신분증의 어른으로 변신하였고 계좌의 금액과 신분을 차지했다.

추가 실험 : 10년 주기로 신분증의 탄생 년도가 10년씩 젊게 자동 갱신되었다. 덕분에 나는 계속 50대 정도의 신분으로 살 수 있었다. 외모 또한 전혀 늙거나 변하지 않았다.
계좌의 돈 역시 10년 주기로 채워졌다. 부동산 투자 등의 방법으로 재산을 증식하여 다른 계좌에 모아 둘 수도 있었다. 단조롭지만 풍족한 나날을 누릴 수 있었다.

활용 방안 : 신분을 숨겨야 하는 사람이나 성공한 어른으로 살고 싶은 사람에게 유용할 것이다.

단, 같은 나이로 영생을 누려야 한다는 점에서 지루함이 있을 수
있다.

나 역시 처음 50년 동안은 이 생활을 즐겼지만, 그 이후에는
심심해졌고 곧 분노와 원망감이 밀려왔다. 영생을 얻은 대신 진짜
삶은 잃었다는 생각 때문이었다. 지갑을 처음 흘린 사람에게
복수하고 싶다는 마음이 들 정도였다.

꾸며진 신분과 금전적인 여유는 다른 발화자를 찾는 발판이 되었다.
이 물건을 시작으로 다른 이의 스위치를 켜고 물건들을 모으는 역할을
하게 되었으니, 어쩌면 이것은 빨간 지갑의 발화자에게 주어진
운명인지도 모른다.

작가의 말

writer-00 : 도서 〈아무 사무소의 기이한 수집〉

위험도 : S

설명 : 정신을 차리고 보니 뚝딱 원고가 나와 있었다. 매일 글을 쓰면서

이런 적은 처음이었다. 하지만 타자를 어찌나 빠르고 오래 쳤는지

손가락은 퉁퉁 부어 있었고 관절은 뻐근했다. 자고 일어났는데도 눈이

시리고 눈가가 퀭했다. 이런 상황만으로 짐작해 봤을 때 나는 밤새

노트북 앞에 앉아 손가락을 놀린 것 같았다.

그런데 전혀 기억이 나지 않았다.

자다가 좀비처럼 부스스 일어나 쓴 걸까? 주술이라도 걸린 것처럼

조종을 당해 쓴 걸까?

원고의 내용은 믿을 수 없는 내용으로 가득했다. 기이한 수집에

걸맞은 기이한 이야기들이 나열되어 있었다. 소설보다는 실화 기록에

가까운 글처럼 보이기도 했다.

이게 무엇일까?

추가 실험 : 청소년 피실험자 ■■■ 앞에 별일 아닌 듯 책을 놓아 두고

다른 곳으로 가 상황을 주시하였다. 조금 뒤 책을 넘겨보는 소리가

나더니 곧 피실험자 ■■■는 아무 말 없이 책을 읽었다. 다행히 끝까지

책을 읽었다.

활용 방안 : 발화자가 될 가능성이 있는 사람에게는 경고로, 이미

발화자가 된 사람에게는 지침서로 활용할 수 있을 것 같다.

2021년 선자은